Licht über dem Horizont

Wolfgang Hanff

Licht über dem Horizont

Gewidmet meiner Heike
und meinem besten Freund Dr. phil. Heinz Müller

Bibliografische Information der Deutschen Nationalbibliothek
Die Deutsche Nationalbibliothek verzeichnet diese Publikation
in der Deutschen Nationalbibliografie; detaillierte bibliografische
Daten sind im Internet über http://dnb.dnb.de abrufbar.

© 2015 Wolfgang Hanff
Umschlagdesign, Satz, Herstellung und Verlag:
BoD – Books on Demand GmbH
ISBN 978-3-7386-7316-6

Prolog

Wir schreiben das Jahr des Menschen –
endlich.
Er ist das wertvollste Lebewesen auf dem Erdball,
in Millionen von Jahren herangewachsen,
das Ergebnis vieler Evolutionen, Revolutionen und Kriege.
Ein genetisches Sein –
zum Wunderwerk der Natur geworden,
um auf Erden zu leben, über allem Leben.
Wir gedenken seiner großen geistigen,
ja bewundern seine körperlichen Leistungen.
Wir fragen nach:
Mensch, bist du es wirklich?
Wir denken nach:
›Die Menschwerdung begann vor fünf Millionen Jahren
und nach fünf Millionen Jahren fehlt dem Menschen immer noch
etwas:
das Wort zum Sonntag, das Wort eines Konfuzius,
das Wort der Weisen …‹

Karl und Mareike Marx, in einem Waisenhaus auf Rügen, einer der schönsten Inseln Deutschlands, in Eintracht aufgewachsen, hatten eingeladen.

Alle ihre noch lebenden Mitschüler, es waren neun, aus fünf Nationen, wollten kommen: Bernd und Lili König aus Deutschland, Aljoscha Schewtschenko und seine Schwester Irina aus Russland, Ranga Tagore aus Indien, Sun Mao und seine Schwester Cixi aus China und der Mexikaner Dantos Rivera mit seiner Schwester Teresa, die in Nicaragua lebten.

Das Haus, ihr Waisenhaus, am Hang zur Ostsee gelegen, war ihnen über die vielen Jahre in bester Erinnerung geblieben.

Hier fanden sie Mutter und Vater, erreichten eine Bildung, die ihr Leben bestimmte.

Alle liebten sie die Insel. Auf ihrem Boden waren berühmte Mediziner, Chemiker, Dichter, Theologen und Philosophen herangewachsen. Diese großen Geister veränderten die Insel.

Sie, die Insel Rügen, schwomm im goldenen Meer. Die ruhig dahingleitenden Wellen reflektierten die Sonnenstrahlen in dankbare Gesichter.

Bunte Elektroautos belebten die Alleen, ruhig fuhren sie von Ort zu Ort, über die stählernen Brücken der Wieken und Bodden.

Deren Fahrbahnen lagen eingebettet in Pylonen, die an diesen befestigten Windräder trugen unscheinbare, durchsichtige Flügel und an ihren stählernen Füßen hingen Wellenbrecher.

Der Insel Reichtum waren die Felder, Wiesen, Flüsse und Wälder. Die Jagd zerriss kein Tier mehr, sie betäubte mit einem Pfeil. Während der Jäger fing, durfte der Vogel ungestört brüten.

Jeder Bürger erhielt hier ein Grundgehalt, das Geld »NON OLET« – es stank nicht. Die Insel wurde von einer gymnasialen Polizei in Weiß ohne Waffen gelenkt, geleitet und verwaltet und mit ihrer Musikakademie, ihren technischen und sprachlichen Fachschulen war auch für Bildung und Kultur gesorgt.

In den Kirchen fand jeder seinen Jesus Christus, seinen Buddha, seinen Konfuzius und seinen Mohammed.

Doch dann kam der Krieg.

»BELLA MATRIBUS DETESTATA« (»Wieder einer der von den Müttern verfluchten Kriege«), schrieb Quintus Horatius Flaccus, der römische Dichter.

Teil I

Der Winter hielt zeitig Einzug. Herb wurde es in der Welt. Unmenschlich. Die Blätter fielen viel zu früh von den Bäumen. Das Wasser tobte,
Orkane sorgten für Verwüstungen. In der Luft lag ein sandiger, saurer Geschmack. Karl schlief länger. Er konnte am Abend und morgens im Bett
noch ein Buch lesen, ein Buch seiner Wahl. Er bevorzugte Biographien
vieler »Großer« auf der Welt. Er war Arzt gewesen, ein guter Diagnosti-
ker, dank seiner Frau Mareike, einer Physikerin und Medizintechnikerin.
Denn sie beherrschte das Spiel zwischen allen Zellen und nervlichen Re-
aktionen im menschlichen Organismus.

Beide genossen sie nun ihre verdiente Altersruhe.

In einem Waisenhaus auf der Insel Rügen machten sie gemeinsam
das Abitur, studierten und heirateten, um sich ewig kennenzulernen.
So prägten sie ihr Sein. Denn unvergesslich blieb der Weg ins Waisenhaus:

Jeder hatte seinen Weg zu gehen. Karl, als sein Vater erst die Mutter,
dann sich selbst erschoss. Er studierte Medizin, wollte die Psychologie
dazuhaben, um zu vergessen, dachte er, die Bilder, den Knall, den Aufschrei, das Blut. Aber erst die Heirat mit Mareike, ihre Liebe, die Liebe
zum Arztberuf, die Liebe zur Psychologie lösten seine Alpträume. Und
Mareike begab sich in seine Obhut. Schon mit dem ersten Tag des Schul-
beginns damals im Waisenhaus, beide waren sie fünf Jahre alt, lauschte
sie seinen Worten, bewunderte ihn wegen seiner Größe. Sie suchte nach
Halt. Ihre Mutter, Silvia König, hatte eines ihrer Kinder getötet, litt an
einer ekklesiogenen Neurose und musste ins Gefängnis. Dank einer guten
Psychotherapie im Heim und dank eines Raumes der Sinne ihres genialen
Kinderarztes Dr. Fiedler konnten die Narben der kindlichen Traumata

rechtzeitig geheilt werden. Und kindliche Narben bilden ein Keloid; sie schweißten Karl und Mareike zusammen.

Unter ihresgleichen im Heim, lange ist's her, waren sie ungleich den anderen in allem gut. Sie wurden verehrt. Und so war es ihnen eine Ehre, ein Wiedersehenstreffen mit den ehemaligen Heimkindern aus fünf Nationen zu organisieren. Insgesamt waren sie damals sechs Geschwisterpaare.

»Wir haben noch vier Monate«, sagte Karl beim Frühstück.

»Und eine Woche und einen Tag«, fügte Mareike hinzu. »Diese Zeit, Karl, brauchen wir, um alle Vorbereitungen als gelungen, beruhigend einstufen zu können. Wir müssen heute unbedingt ins Schloss Ranaga zu Svenja.«

»Zur hübschen Tochter des Grafen von Lenau.« Karl blinzelte mit den Augen. »Eigentlich sehr traurig«, ergänzte er.

»Ein Weh, Karl, braucht auf beiden Seiten Zeit. Sie weiß, dass alle Kinder aus dem Waisenhaus ihre Eltern verehrt haben. Wir waren alle eine Familie.«

Und Svenja empfing sie wie immer herzlich. Das Rehbraun in ihren Augen schwankte zwischen hell und dunkel. Sie trug ein beiges Kostüm, im Dekolleté glitzerte ein in Silber gefasstes Wappen der Familie an einer weißgoldenen Kette.

Sie bat Karl und Mareike in den Südturm. Beide kannten sie die biedermeierliche Clubecke und die goldfarbene Familien-Kaffeetafel. Svenja ließ sie bewusst eine Weile darauf schauen. Auch sie mochte Erinnerungen an alte Zeiten. Es war Delfter Porzellan. Sie schenkte Kaffee ein und reichte Gebäck.

»Schön, dass ihr gekommen seid«, sagte sie mit weicher Stimme. »Ihr Kinder der ersten Generation, der allerersten des Waisenhauses am Hang. Ihr hattet noch gute Geister in der Bildung und der Erziehung. Und das, was wir gemeinsam hier im großen Festsaal gepflegt haben, eine erlebnisreiche Vokal- und Instrumentalmusik mit Jung und Alt, hat noch heute glücklicherweise Bestand. Mein Vater, ein bescheidener, einsamer Maler in seinem Atelier, wurde durch seinen Schüler Sun Mao zum großen

Meister und später zum großen Maler der chinesischen und europäischen Kunst. Er blieb zeitlebens ein Romantiker. Ich freue mich besonders auf Sun und seine Schwester Cixi mit ihren Familien. Wie groß wäre wohl die Freude, würden meine Eltern noch leben. Aber wie sagte mein Vater doch immer zu Sun: ›Nutze den Tag, mein Junge.‹ –

›Mein Junge‹, so nannte er ihn, als sein Sohn, mein lieber Bruder, gestorben war. ›Nutze den Tag, nur wenige hast du, dem Maler reichen sie nie.‹ Möge es ihnen allen bei uns gefallen.«

Sie machte eine längere Pause, trank ihren Kaffee und aß einen Biskuit.

»Danke, Svenja, danke«, sagte Mareike. »Du erinnerst uns wieder an die gute Seele des Schlosses.«

»Die sich, wenn ich das so sagen darf, von Generation zu Generation übertragen hat«, antwortete Svenja mit einem freundlichen Lächeln.

Sie goss jedem einen Kaffee nach und schwieg eine Weile. Mareike erahnte ihre Gedanken, dass es ihr immer noch schwerfiel, über die Familie aus Indien zu sprechen. So nahm Mareike ihr den Stein vom Herzen. Man müsse immer über den Tod reden, dachte sie und fragte nach Tagore.

Svenja antwortete erleichtert: »Ach Ranga, unser lieber Ranga Tagore aus Indien. Er geht mir nicht aus dem Sinn«, fügte sie etwas melancholisch hinzu: »Wäre seine entzückende Schwester Indira mit den rehbraunen Augen nicht auf den gemeinsamen Spuren des eisigen Winters zusammen mit meinem Bruder Leopold auf einer Eisscholle aufs Meer getrieben und erfroren, hätten wir heute sicherlich eine glückliche Verwandtschaft. Deswegen habe ich für die Familie Tagore Josefs Wohnung herrichten lassen. Ranga kennt sie, jährlich einmal kam er her.

Dann hat er mit Josef stundenlang in der Kapelle am Sarg seiner Schwester und Leopolds gesessen und bitterlich geweint. Er nannte die Gruft in der Kapelle ›sein Tadsch Mahal‹. Wir freuten uns immer, wenn er kam. War er doch ein großer, stattlicher, gut aussehender Mann, ein typischer Inder, geworden.« Svenja betupfte mit einem bestickten Taschentuch ihre tränenden Augen.

Dann sagte sie, dass sich in Josefs Wohnung, im Turmzimmer, eine Galerie von Bildern befände, auf denen alle Waisenkinder in Öl verewigt wurden, auch nachfolgende Generationen. Ihr Vater habe sie in späteren Jahren gemalt und Josef, dessen Seele zum Schloss gehöre, habe sie aus dem Atelier holen dürfen. »Ihr seid in die Geschichte des Schlosses eingegangen.«

Mittags, zu einem gemeinsamen Essen im Festsaal des Schlosses, kam Svenjas langjähriger Freund dazu, natürlich ein Maler, wie ihr Vater. Natürlich ein Schüler von ihm und natürlich ihm auch sehr ähnlich.

Karl dachte sofort an einen glücklichen, lebensfrohen Menschen. Er hatte sich als Arzt zu eigen gemacht, jeden Menschen nach dem Augenschein ganz schnell zu beurteilen. Der Freund kam leger und freundlich lächelnd an den Tisch, er küsste Svenja auf den Mund, begrüßte seine Gäste und setzte sich.

»Entschuldigen Sie mein verspätetes Kommen«, begann er. »Ich bin eben ein Schüler von Svenjas Vater.« Alle lachten.

Die Köchin, die der Manu von früher glich, brachte die Speisen.

»Es wird sicherlich sehr gut schmecken«, lobte Mareike. »Sie sind unserer Köchin aus dem Waisenhaus sehr ähnlich.«

»Das ist sie, Mareike. Das Abbild ihrer Mutter, wie mein Vater beim Malen beider Porträts feststellte, selbst im Klavierspielen«, bestätigte Svenja. »Wenn ihr mögt und wenn sie möchte – sie heißt übrigens Manu, wie ihre Mutter –, können wir nach dem Essen zwei bis drei Lieder von Robert Schumann hören.«

Manu nickte. »Mit großer Freude«, antwortete sie.

»Mit großer Freude!«, rief auch der Maler in die Runde. »Sie ist ja nicht nur die Tochter einer klavierspielenden Köchin, sondern auch noch das wunderbare Kind von unserem Josef. So blieben die guten Gene, die Musik und ein bisschen auch die Malerei im Haus.«

Nach dem Essen – einer Suppe, einem Wildbraten, einem Dessert und dem Genuss eines vollmundigen Rotweins – setzten sie sich abseits in eine Chippendale-Sitzgarnitur nahe den Säulen. Manu hatte noch einmal Kaffee serviert, bevor sie sich am Flügel niederließ, der ihnen gegenüberstand.

Nach einer besinnlichen Weile, in der sie über die Deckenmalerei fabulierten und über die Ahnenbilder an der Wand diskutierten, begann Manu mit der Musik.

Bildhübsch saß sie da, festlich gekleidet, ihr langes Haar zu einem Chignon verzaubert. Federleicht begannen ihre langen Finger auf dem Klavier zu tanzen. Karl, ein Liebhaber Schumann'scher Lieder, lehnte sich in seinem Sessel weit zurück, schloss die Augen und legte seine große Hand auf Mareikes Unterarm. In jedem Konzert verhielt er sich so, hätte Mareike gesagt. Während jeder klassischen Musik suchte er bei geschlossenen Augen nach Inspirationen, oder INSPIRATIONIS, wie man in ihren Lateinerkreisen sagen würde.

›Sicherlich wird er gleich wieder die Bilder von damals sehen‹, dachte sie. ›Frau Landauer am Spinett, die ältere, kleine, grauhaarige Pfarrwitwe, die ihr großes Gehöft den Waisenkindern vererbt hatte. Josef und Manu vierhändig Klavier spielend, den Lehrer Kneipp am Kontrabass, die Geiger, Flötistinnen und Sänger aus dem Waisenhaus. Er wird Tränen in den Augen haben – ein Mann, ein Arzt, ein Kind der Waisen.‹

Anschließend nahm der Maler Karl mit in sein Atelier. Svenja bot Mareike unterdessen einen gemeinsamen Schlossrundgang an.

Im Atelier stach unter allen Bildern eines besonders hervor – ein Ölbild. Es zeigte Sun Mao, mit feinen Pinselstrichen in eine tiefe, bunte Landschaft hineingemalt. Sein reichlich verzierter, vergoldeter Rahmen beherbergte des Grafens Lieblingsschüler. Karl ließ sich eine Lupe geben, um einige hauchdünne Pinselstriche deutlicher erkennen zu können.

»Was Sie suchen, werden Sie nicht finden«, sagte Svenjas Freund. »Achten Sie nur auf das harmonische Verhältnis von Mensch und Natur in seinen chinesischen Bildern. Der Mensch wird sehr klein in die Natur gesetzt. Sun Mao ragt auffallend heraus. Er soll der einzige Freund gewesen sein, den Leopold bis zu seinem Tode schätzte. Viele Bilder malten sie auf ihren gemeinsamen Reisen durch das große Reich der Chinesen.

Bilder von armen, in jahrhundertelange Armut hineingeborene Bauern, deren Lordose nur den Reis, niemals die Lotosblüten erkennen ließ.

Dann der aufrechte Gang, fröhliche Gesichter und überall im Lande ein anderes, stolzes Volk; gebildet, musikalisch, selbstbewusst.«

Der Maler schaute Karl eine Weile an, dann fragte er: »Sind Sie für China?«

»Ich bin ein Kind des Waisenhauses der Insel Rügen und trage den Namen Marx. Der große Marx hat es verdient, dass seine Werke ein Teil des Weltkulturerbes der UNESCO geworden sind. Ja, ich bin für China – und ich will Ihnen auch erklären, warum. Weil es seit 1949 das erste Land ist, das keine imperialen Kriege geführt hat.«

»Dann lass uns Freunde werden!«, rief der Maler und reichte Karl die Hand. »Ich komme aus einem Zweig der Landauer, bin weitläufig verwandt, ich bin der Lucas-Matthäus. Nenne mich Lucas. Gute Freunde, denke ich, brauchen wir wieder. Die Welt ist aus den Angeln.«

»Die Welt?«, hielt Karl entgegen. »Der Mond? Die Sonne? Die Sterne? Nein. Der Mensch, der dem Menschen ähnelt, eine Figur im Geflecht eines Korbsessels.«

»Oh, Korbsessel, Karl, eine Figur? Du meinst, in einem Gespinst von Weidenruten.«

»Von kurzer Dauer, Lucas, die Fetzen werden fliegen.«

»Oh, Karl, ich errate deine Gedanken. Noch heute werde ich etwas in Farbe bringen, was unvergesslich bleiben soll.«

Der Abendhimmel hüllte Wäldchen, Wiesen und den Bodden in sein Dunkel ein. Nur das Licht hoch oben aus dem Atelier warf seine Strahlen an die vier kupfernen Türme des Schlosses.

»Du siehst ein Bild, Karl, das ich vergoldet habe. Möge es der Menschheit erhalten bleiben. Ich schenke es dir.«

Lucas verpackte es sehr eigen, übergab es Karl mit einem Händedruck und wünschte einen guten Weg nach Hause.

Es schneite. Sie fuhren einen Weg durch den Wald, hinter den dunklen Bäumen trieben Gespenster ihre Spielchen mit der Nacht, Wildschweine wühlten am Wege und ließen sich nicht stören.

»Alles lebt«, sagte Karl. »Nur anders, in der Nacht. Der Tag im Schloss war ein Tag der Güte und der deutschen Kultur. Ich habe einen guten Freund gefunden, einen Maler und Philosophen.«

»Ich meine, eine gute Familie«, hielt Mareike entgegen. »Wir sollten gleich Cixis und Suns Familien in China und Rangas Familie in Indien via Internet informieren.«

»Gleich, sagst du. Eben mal schnell etwas über den Satelliten per Knopfdruck auf andere Erdteile schleudern? Ich möchte erst einen Wein, Mareike, zu gutem Hart- und Weichkäse.«

»Und einer Kerze«, fügte sie mit einem Lächeln hinzu. Sie kannte das Motto seines Lebens: Ruhe und Bedächtigkeit, und seinen Lebensstil: Gemütlichkeit und Romantik. Er war ihr doch ein guter Arzt, Freund und Liebhaber.

So hatte sie die Kerze schnell entzündet. Und erst um Mitternacht, als alles durchdacht, dann überdacht und vorgeschrieben worden war, gaben sie gemeinsam ins Internet gut geformte, klug geschriebene Sätze ein, Sätze von Waisenkindern der Insel Rügen – heute sollten alle informiert werden.

An Aljoscha Schewtschenko und seine Familie mit den drei Kindern schrieb Karl: »Lieber Aljoscha! Wir erinnern uns gern an einen großen Streber und Bücherwurm in unserem Waisenhaus. Du hast uns mitgerissen durch Aberwitz. Und mitgerissen hast Du als Professor an der Lomonossow-Universität. Deine liebe Frau, ihre Konstruktionen neuer Raumschiffe sind so genial, dass Sonne, Mond und Sterne sie unendlich machen. Ihr erinnert uns an Pierre und Marie Curie.

Um Euch einen gedankenfreien Raum zu bieten, haben wir das Haus von Frau Landauer – in herrlicher, hügeliger Landschaft an der Ostsee gelegen – herrichten lassen. Du erinnerst Dich sicherlich noch an ihre Kuh, die morgens mit Sonnenaufgang über den Hügel kam. Oder an die vielen lyrischen, epischen und dramatischen Gedichte, die Frau Landauer kannte. Ihr Geist lebt heute noch dort und in dem Buch ›Licht über dem Waisenhaus‹. Seid herzlich willkommen. Im Haus nebenan, dachten wir, soll Bernd König mit seiner Familie wohnen. Die Geschwister Dantos und Teresa Rivera, unsere Mexikaner, seit langem Nicaraguaner, wollen unbedingt noch einmal zurück ins Waisenhaus. Die Freude ist groß, möge allen eine gute Reise gelingen!«

Lange nach Mitternacht war alles geschafft.

»Wie nah sie doch in unseren Herzen sind«, sagte Mareike.

»Ja, in Wort und Bild«, antwortete Karl. Er hatte es kaum ausgesprochen, als auf seinem Computer eine erste Antwort einging.

»Cixi!«, rief er. »Cixi, Mareike, sie hat schon geantwortet. Schau her: ›Ich bin schon auf dem Wege mit dem Zug von Berlin nach Rostock. Neben mir sitzt meine Tochter Xia. Wir sitzen in einem ruhigen Abteil. Es ist, als schwebten wir über deutschen Boden dahin. Xias Schwangerschaft tut das gut. Sie möchte unbedingt von Lili entbunden werden‹.«

»Von Lili, Karl, deiner Schwester, welche Ehre!«

»Ehre?«, fragte Karl.

»Aber steht nicht vor jeder Geburt die Ehrfurcht vor der Entbindung eines gesunden Erdenbürgers?«

»Höre bitte weiter: ›Seit einem Monat lebten wir schon in Berlin, in der chinesischen Botschaft. Wang, mein Ehemann, wurde zum Militärattaché berufen, gestern aber, ganz unverhofft, zurückbefohlen! Ein schlechtes Omen, sagt er. Die Säbel rasseln wieder, nur der Klang sei anders. Von dieser Art Klänge verstehe ich nicht viel. Erst als er uns bat, sofort aufs Land zu Lili zu fahren, er habe alles vorbereitet, wurde ich nachdenklich.

So schaue ich jetzt aus dem Fenster in die Nacht. In meinen Armen schläft Xia, ich spüre ihr klopfendes Herz und die strampelnden Füßchen des Babys. Es macht mich stark. Schlaft gut, morgen mehr‹.«

Karl ließ seinen Kopf nach vorn sinken. Beide Hände stützten das Kinn. Die Arme, gebeugt auf den Knien liegend, stützten die Hände. Er bat Mareike um einen gemeinsamen Trunk guten Weines.

»Einen Merlot? Einen Rioja?«

»Nein, einen chinesischen«, antwortete Karl erregt. »Sollte die westliche Welt tatsächlich die östliche bekriegen wollen, hätten deren Weine einen bitteren Beigeschmack. Schon wenn ich daran denke, den russischen Bären, den chinesischen Drachen und die vielen indischen Götter anzugreifen, wird mir übel!«

»Mir macht das Angst«, antwortete Mareike.

»Mir nicht!«, rief Karl. »Und dir auch nicht!«, fügte er energisch hinzu. »Wir sind geboren worden, um aus unserer evolutionären Geburt neue evolutionäre Geburten zu machen.«

»Du meinst, aus unserer kleinen, waffenfreien Insel mit den Polizisten in Weiß, den bunten Elektroautos auf den Alleen, den liberalen Kirchen für alle Religionen, den Hochschulen für Musik und Technik und allen glücklich lebenden Bewohnern eine größere Insel zu machen?«

»Ich meine eine große, zwischen den Ozeanen gelegene. Ich meine …«

Mareike unterbrach ihn mit einen Aufschrei: »Wolken! Dunkle Wolken, Karl, vor dem Mond, siehst du sie?«

»Ja, ich sehe, zuvor sah ich einen Schweif. Ich dachte an eine Sternschnuppe. Aber mein Gott, was sage ich, er zog ja horizontal dahin. Dann sah ich einen zweiten, auch wieder horizontal, vielleicht ein bisschen schneller, ein seltsames Gefüge, Mareike. Der schnellere Schweif zog von Ost nach West, der langsamere von West nach Ost und um die Wolke herum.«

»Die Wolke, in der es donnert? Hörst du den Donner, Karl?«

»Ich höre, er ist schon in mir, er durchdringt meinen ganzen Körper. Er erfasst mein vegetatives Nervensystem, meine Hände werden nass, die Finger zittern. Er zerstört meine Gedanken an eine schöne Nacht mit dir. Er lässt mich ahnen, alsbald kommt ein verstrahlter Ascheregen hernieder!«

»Dann könnten alle Andeutungen der letzten Wochen wahr geworden sein?«, fragte Mareike ängstlich.

»Andeutungen? Öffentliches Gehetze, Demütigungen, Respektlosigkeiten bei Sportveranstaltungen und Olympiaden, Unterstützung von Nazihorden! Wir sollten in den Bunker gehen!«

Mareike drehte ihm ruckartig ihr Gesicht zu, puterrot stieg es ihr über den Hals bis an die Schläfen: »Du denkst …? Dann lass uns lieber diesen Bunker für drei Tage in eine Allmacht verwandeln, Karl.«

»In ein All, das mächtig ist, oder allmächtig durch einen Allmächtigen?«

»Beides meine ich, Karl.«

»Dann sollten wir zu Märtyrern werden, zu Zeugen der letzten Schlacht. Wir haben einen guten Bunker, aber bessere Betten im Haus. Lass uns schlafen gehen.«

Teil II

Dieser Winter war irgendwie anders. Er erfasste die Nächte, die Morgen, die Geruhsamkeit. Auch schliefen Karl und Mareike weniger. Bereits im Herbst hatten sich die Blätter früher als sonst von den Bäumen gelöst. Die Luft war trüb, sie resorbierte unendlich Schadstoffe. Das Wasser tobte, Orkane sorgten für Verwüstungen. Des Menschen Menschlichkeit war im Sog der Wirren gebunden. Die Ernte wurde gut veredelt. Nun lag der Boden karg danieder, auf ihm begann ein DANSE MACABRE.

Am Frühstückstisch – nach einer kurzen, unruhigen Nacht – in angespannter Atmosphäre, bei heißem Kaffee und flackernder Kerze sprang plötzlich im Hause das gesamte Kommunikationssystem an. Das Satellitenhirn des Erdballs sendete Impulse, die alle Schranken durchbrachen: »Fünf Millionen Tote in China und zweieinhalb Millionen Tote in Russland …, meldet …, wer kann … wir haben Krieg!«

Karl blieb ruhig, ganz ruhig. Er umklammerte das Gesicht seiner Frau mit seinen großen Händen, drückte seine Stirn gegen die ihre und sagte: »Das ist der Tag! Wir haben ihn nicht gewollt, wir haben ihn zu überleben.« Minuten später hörten sie vom Gegenschlag.

»Wir werden die Welt retten«, sagte Karl. »Wir werden das Gleichgewicht zwischen Himmel und Erde wiederherstellen, wir werden klug handeln.«

Mareike weinte bitterlich. »Bekämen wir Kontakt zu Sun in China oder Aljoscha in Russland?«, fragte sie. »Ich habe das Gefühl, dass sie noch leben.«

»Lebe mit mir in diesem Gefühl, Mareike. Möchtest du noch einen Kaffee?«

»Danke, ich würge.«

»Dann lass uns in den Wald gehen, jetzt in der Frühe.«

»Jetzt, Karl?« Mareike sah ihm tief in die Augen, sie umklammerte seinen Arm. »Jetzt aus dem Haus?«, wiederholte sie. »Willst du dem Tod entgegengehen?«

Karl blieb unbeeindruckt. »Wir gehen, wo immer der Tod auch lauern mag.« Und sie gingen los. »Wir leben hier auf einer militärisch unbedeutenden Insel. Wir leben idyllisch, spürst du die Ruhe?«, fuhr er fort in seiner Psychologie, um sie beide zu beruhigen.

»Ich spüre sie, Karl, sie macht mir umso mehr Angst. Ich höre weder die Schwäne auf dem Bodden noch die Vögel. Ich vermisse das Kreischen, das Tirilieren, das Zwitschern. Der Krieg, Karl, tobt überall.«

Plötzlich fiel ein Schuss.

Beide huschten eng aneinandergedrückt hinter einen Baum. Es raschelte, im Unterholz knackte es, Rehe sprangen vorüber, Wildschweine grunzten.

»Wilderer, Mareike«, flüsterte Karl. »Nur die Klugen denken so schnell an das Morgen, an den Hunger. Ich sehe ihn, es ist der Paul. Bleibe ganz dicht hinter mir, schmiege dich an mich, bis er uns gesehen hat. Wie gut, dass wir ein einzig Volk auf dieser Insel waren.«

›Es beginnt die Jagd nach dem täglichen Brot‹, dachte er. ›Bald wird der Staub des Krieges alles Leben auf der Erde umhüllen.‹

Beim zweiten Schuss aber, Paul hatte ein Reh zur Strecke gebracht, rief Karl ihn deutlich hörbar an. Paul trat aus dem Wald heraus, demonstrativ hielt er ein Rehbein in die Höhe und zeigte sich erkenntlich. »Bevor alles Wild vernichtet ist, sollten wir es retten«, so rief er beiden zu. »Nehmt eines der vielen, ein Handschlag reicht mir.«

Er brach eine rotbraune Ricke auf, ließ sie ausbluten und warf sie Karl über die Schulter. Das Unterholz knisterte unter seinen Schuhen, keine Last war ihm zu schwer, kein Schmutz im Nacken zu schmutzig; jetzt hatte auch Karl die Angst eingeholt. Eiligen Schrittes suchte er den Waldboden ab, wollte Käfer und Würmer sehen, aber alles Kleingetier verharrte irgendwo.

›Ihre Sinne spüren den Krieg‹, dachte er. ›Er wird die großen Städte wie im Spiel zerstören, die Stützpunkte mit Mann und Maus in die Luft jagen und Flugzeugträger auf den Meeresgrund schicken. Sie werden Stahl, einst durch Hände Arbeit geschmolzen, per Knopfdruck wieder zum Schmelzen bringen, sie werden Steine zermalmen, Wälder zerspanen, Menschen zerkochen, vernichten, was sie nicht wollten. War doch alles nur ein Spiel!‹

Der Schweiß rann Karl den Rücken herunter, er bildete zusammen mit dem Blut des Wildes auf seinem Rücken einen roten Streifen. Es beunruhigte Mareike. »Karl!«, rief sie erregt. »Das Wild blutet und ...«

»Nein!«, widerrief er. »Alles gehört zum Tier, nur so kann ich's tragen.«

Dann legte sie beruhigt ihre Jacke darüber und band die Ärmel um seinen Hals zusammen. Abends dann war das Wild ausgeweidet, zerlegt und bald tiefgefrostet.

Niedrig stand der Mond, voll in seinem Bilde, soeben über dem Bodden. Das Funkgerät sprang an, das eines Hobbyfunkers. Mareike war nicht nur Physikerin, auch Funkerin.

Gerade lief sie auf ihrem Grundstück umher, um die Geigerzähler an den Messstationen zu kontrollieren. Sie lief nach Ost, nach West, Süd und Nord und zurück ins Haus und rief, weil hocherfreut, auf Platt: »Min Korl, wi hebben null bi Ost, West, Nord, Süd und … kumm up en Koorn bi Sied!«

Karl saß wie versteinert am Funkgerät. »Ein Funker war dran, Mareike, nur kurz. Ich habe seine Frequenzen, habe zurückgefunkt, habe ihn noch einmal gehört, nur einmal noch … Was sagtest du, alles auf null?«

Er ging mit auf einen Korn. Ein Stündchen wohl bevorzugten sie die bequemen Korbsessel in ihrem Wintergarten. Über dem Bodden schwebten Kumuluswolken.

»In welcher Zeit, Mareike, glaubst du, trügen diese Wolken die Strahlen übers Land?«

Mareike erschrak bei dieser Frage. Sie rückte näher an Karl heran, sah ihm tief in die Augen, schmunzelte und drückte seine Hand.

»Die Wolken, Karl, die wir sehen, liegen in einer Höhe von bis zu 20

Kilometern über uns. In ihnen schweben die Engel, Gottes Engel. Und wo es Gottes Engel gibt, wird es keine Strahlen von atomaren Waffen geben.«

Karl reagierte ruhig und gelassen. Er erwiderte ihre Blicke und dachte: ›Wenn du nur Recht hättest. Was du mir eben ins Gesicht sagtest, mit großen Augen und einer beängstigenden Mimik, war Galgenhumor oder, mit anderen Worten ausgedrückt, bittere Heiterkeit.‹ Er löste sich aus ihrer Umklammerung, stand auf und sagte: »Du meintest etwas anderes, mit Heiterkeit lässt sich nichts verdrängen. Ich meine, wir sollten die Schutzanzüge zurechtlegen, den Bunker abdichten und alle Aggregate überprüfen. Mit welcher Art von Strahlen, Frau Physikerin, hätten wir zu rechnen?«

»Auf unserer Insel mit denen der Neutronenbombe«, antwortete sie überzeugend.

»Ah, Neutronenbombe! Die wolltest du mir nicht nennen, mir als Arzt, weil sie alles Leben vernichtet. Und alles Leben ist ihnen nichts wert, es trägt nur Herzen, Augen, Gefühle. Bedenke, was sie immer getan haben, bedenke ihren Charakter. Durchdenke ihre Charakterologie.«

»Kann ich nicht, Karl, ich werde es niemals können. War die Persönlichkeitsforschung nicht dein Gebiet?«

»War es, Mareike.«

»Und wie ist es mit dieser Bombe?«

»Ach, und diese Bombe – muss ausgerechnet weiblich sein.«

»Doch, von Männern entwickelt, Karl. Ein onomatopoetisches Wort, dem deutschen ›bim, bam, bum‹ nahestehend, verstehst du? Oder dem ›Bimmeln, Bammeln, Bummeln‹ aus unserer Kinderzeit. Und jetzt töten ihre Elementarteilchen, all die Neutronen und Protonen, alles Leben!«

Karl aber lenkte ab. Er hatte zu viel über die Atombombenabwürfe über Hiroshima und Nagasaki gelesen, auch über den Einsatz von Napalmbomben in Vietnam. Er war sensibilisiert und wollte ablenken.

»Erinnerst du dich noch an die klugen Worte von Sun Mao? Wie oft zitierte er Weisheiten der alten Chinesen?«

»Weisheiten der Chinesen? Gab es nicht auf der ganzen Welt Weisheiten? Natürlich erinnere ich mich, Karl. Was er sagte, war oft so selbstverständlich, so begreiflich. Vor allem wenn er über die Triebe und Begierden des Menschen sprach. Die Begierden hätten einen naturgemäßen Trieb, sagte er. Die aber hätten ein Maß, das nur der Weise pflegt – um die Begierden zu hemmen. Er war klug, mehr als 50 Weisheiten brachte er auf Anhieb, er war der Beste aus unserer Schule am Waisenhaus.«

»Viel mehr war er, Mareike. Du hast gehört, was Svenja von Lenau sagte, ihr Vater habe ihn zu seinem Sohn gemacht, eines großen Malers Sohn, ein Leonardo da Vinci, mit ähnlichen Fähigkeiten. Erinnere dich an unseren Miniaturbau des Grafenschlosses. Sun fertigte minutiös die Zeichnungen an, ließ die Steine für die Rundbögen der Türen und Fenster formen und baute von uns allen den größten Drachen.

Lucas erwähnte beiläufig im Atelier, dass Sun in China die Malerei und in Russland an der Lomonossow-Universität auf den Sperlingsbergen die Raumfahrttechnik studiert habe. Er soll ein nicht sichtbares, nicht hörbares, nicht angreifbares Raumschiff konstruiert haben.«

»Soll oder hat, Karl?«

»Na, eines wusste Lucas genau, nämlich dass er ein Admiral der Raumschiffe, so eins wie der Enterprise sei.«

Mareike war sichtlich erleichtert. »Unser Sun Mao, Karl, er wird uns beschützen!«, rief sie und im gleichen Atemzug erwähnte sie die Nachbarn. »Schau, sie tragen ihre Schutzanzüge, und morgen sicherlich auch die Masken dazu.«

»Sicherlich, sagst du. Was ist sicher? Wissen sie mehr als wir?«

»Ich denke, Karl. Sie sind so; unnahbar wie immer. Nur guten Tag und guten Weg, in vielem aber hatten sie Recht. Wir sollten ihnen voraus sein, die Wiese und den Garten mit Folie belegen und die Messstationen aufstellen.«

Jetzt folgten ihnen auch die jungen Nachbarn: Sie liefen hin und her, rollten die Folien aus und dichteten mit Klebestreifen Brunnen, Fenster und Türen ab – wie Karl und Mareike. Allein die Älteren, die Achtzigjährigen, standen regungslos da.

Nur eine Familie hatte einen Bunker, einen aus Stahlbeton, durch eine hydraulisch gesteuerte Luke über den Wintergarten zu erreichen. Mareike hatte ihn bauen lassen, mit Strahlen hatte sie viel zu tun. Sie rief: »Krieg!«, und die Luke ging auf, wenn sie mit dem Zeigefinger an die Innenseite des Lukendeckels tippte, sprangen alle Aggregate an und sie rutschten in den Bunker. Wie so oft geübt, jeder hatte seinen Spaß. Mareike war für die Technik zuständig, Karl für das Wohlbefinden.

Es fehlte etwas im Bestand der Lebensmittel. So rasten sie mit dem Auto über einen Feldweg, reihten sich ein in die Scharen von verängstigten, panisch reagierenden Menschen und ramschten zusammen, was sie tragen konnten.

»Bis wann, Karl, glaubst du, muss alles reichen?«, fragte Mareike beim Einsortieren im Bunker.

»Bis wann, fragst du? Muss ich dir antworten, dir als Physikerin?«

»Gib mir nur eine Antwort, eine psychologisch richtige, mein Puls rast wieder.«

»Bis zu unserer ersten Ernte im Garten, nur Weniges wird dann noch vorhanden sein.«

»Danke, ich danke dir, Karl.« Sie führte akribisch Buch, sortierte wohl zum x-ten Mal, nachdenklich, weinerlich, mal weniger, mal mehr. Karl hatte reichlich gekauft, in Dosen verschweißte Lebensmittel wie Mais, Sojabohnen, Reis, Südfrüchte und Alkoholika. Alles brachte sie in den Technikraum. Karl holte gerade über die Hauswasserpumpe aus dem Rohrbrunnen glasklares Trinkwasser nach oben. Sie dachte: ›Es wird immer da sein, auch …‹, ihr Herz schlug wieder ruhiger.

Am Abend zog sie ein fernes, sehr weit entferntes Donnern am Horizont vom Abendbrottisch in den Wintergarten.

»Sternenklarer Himmel, Karl, der Mond lacht zum Blitz und zum Donner«, sagte Mareike.

Karl verbesserte mit einer Antwort, die da lautete: »Der Halbmond – der Halbmond.«

»Natürlich, Karl, nur hälftig«, antwortete Mareike gereizt. »Dennoch erlebt er in voller Gestalt um sich herum Explosionen und unter sich nichts als Staub. Staub und Asche, zerbombte Städte, Millionen Tote und Verletzte, verstrahlte Felder, Wiesen und Gewässer. Ich möchte sterben!«, schluchzte sie.

»Ach stürbest du, trüge ich dein Herz in mir, lass mich dich lieber meine Herzallerliebste nennen. Denn du weißt, was ich dir bereits gesagt habe, wir sind geboren worden, um aus unserer evolutionären Geburt neue evolutionäre Geburten zu machen.«

»Ja, ich weiß, du meinst aus unserer kleinen Insel eine größere?«

»Nein, erinnere dich. Ich meine eine große, zwischen allen Ozeanen gelegene. Ich meine …«

Plötzlich ein Aufschrei von Mareike: »Wolken! Wieder dunkle Wolken, Karl, vor dem Mond, da! Siehst du sie?«

»Ja, ich sehe, zuvor sah ich, wie neulich, einen Schweif. Ich wollte nur nicht unser Gespräch unterbrechen. Gleich danach sah ich einen zweiten. Der erste kam dieses Mal aus dem Westen, der zweite aus dem Osten und nun die Wolken. Hörst du auch den Donner?«

»Ich meine, den Donner von Inter zu hören.«

»Den einer Inter meinst du zu hören, von einer Inter?«

»Na ja, Karl – einmal auf den Knopf gedrückt, bedeutet eine Inter, auf den Gegenknopf bedeutet zwei Inter, dann mit Donner und Wolken – nichts ist gewissenloser als eines Roboters Knopfdruck. Er drückt gewisslich ohne Gewissensqual einmal, zweimal, dreimal auf gut bestückte Interkontinentalraketen – es klingt wie ein Spiel. Dieser Krieg ist ein Spiel der Spieler. Wir sollten in den Bunker gehen, denn nach dem Donner kommen die Wellen.«

Sie gingen noch einmal durchs Haus, von Stube zu Stube, sahen nach dem Rechten, rückten an diesem und jenem, nahmen zwei Bilder mit, eines von seinen Eltern, ein anderes von ihren Eltern.

Obwohl sie den Bunker gut vorbereitet hatten, erschien er ihnen bei geschlossener Luke doch anders, als sie es sich vorgestellt hatten. Mareike wirkte nervös, wischte und putzte, mal war sie puterrot, mal fahl und grau, die Angst tobte zwischen ihren sympathischen und parasympathischen Nerven. Die erste Nacht wurde zur Tortur. Schaffte es einer von beiden in den Schlaf, wachte der andere, bis auch ihn die Müdigkeit überfiel. Beide aber konnten gleichzeitig nicht schlafen. Es waren wohl die

Betonwände, in Stahl gehauen, die niedrige Decke, der andere Geruch, die Klimaanlage, die Angst. Gegen Morgen vibrierte die Erde, nur kurz, nur schwach. Das war es, weswegen sie nicht schlafen konnten!

»Ich gehe nach oben«, sagte Mareike, zitternd, hellwach.

Karl stellte sich vor sie. »Du willst …?«

»Messen, Karl, ich muss.«

Alsbald quälten sie sich beide in ihre Schutzanzüge. Zeitgleich angezogen, überredete Mareike dann ihren Mann: »Bleibe bitte, ich bin die Physikerin, ich werde messen, die Erde abtasten und durchs Fernrohr schauen, ich muss …« Sie drückte ihren lieben Karl an sich, sah durch ihre Maske in seine Augen und ging.

Karl stand da, mal auf dem rechten, mal auf dem linken Bein, ging einen Schritt vorwärts, einen rückwärts, dann hielt ihn nichts mehr. Gerade als er Mareike folgen wollte, kam sie zurück. Er sah sie eiligst in den Wintergarten gehen, um sich vor der Schleuse zu entkleiden, zu reinigen und dann nur einen Sprung zu brauchen, bis sie nackt bei ihm in seinem Badetuch war.

»Es ist geschehen, Karl«, stammelte sie. »Es ist so gekommen, wie es kommen musste. Die Zeiger aller Messgeräte schlagen wütend an. Es ist irre, unglaublich, unheimlich, wahnsinnig. Es ist nicht das Werk geistig gebildeter Menschen! Alle Geigerzähler, ob Nord, Ost, Süd oder West, toben auf gleicher Höhe. Meine Füße formten Spuren im Staub von Kernspaltung. Gott, wo bist du?«

Dieser Tag bestimmte die weiteren Tage und Nächte, die sie geschickt zu überleben sich vorgenommen hatten und auch um schlafen zu können. Karl setzte die automatische Funktion der Lukenschließung in Gang, ein Koloss aus Stahlbeton in der Größe von einem mal zwei Metern verschloss in Sekundenschnelle ihr Verlies. Alles Nichtvorstellbare war dahin, der Glaube weg. Nur ihrer beiden Herzen schlugen füreinander, sie umarmten sich.

»Möge nunmehr über die, die den Krieg wollten, das Damoklesschwert wirken, Mareike.«

»Des Höflings Dionysios von Syrakus?«

»Ja, von Syrakus.«

»Der dem Damokles unter einem scharf geschliffenen Schwert, das an einem Pferdehaar hing, verdeutlichte, dass Macht und Reichtum vernichtet werden. Das meinst du?«

»Genau das meine ich.«

»Dann lass uns lieber diesen Bunker in eine Allmacht verwandeln, Karl.«

»Ja, Mareike, durch dich.«

»Wäre ich allmächtig, Karl, so hieße ich dich, sich mit mir fallen zu lassen, gedankenfrei.«

»Frei von quälenden Gedanken, Mareike.«

Karl war nicht nur Arzt und Philosoph, er war auch ein guter Psychologe. Er wollte keinen Tag, vor allem keine Nacht der Qualen mehr.

Teil III

»Nicht noch einmal eine Nacht ohne Schlaf!«, sagte Karl morgens bei einer Tasse Tee.

»Nicht noch einmal, sagst du, bei dem, was da draußen vor sich geht?« Mareike war zornig, die Teetasse zitterte in ihrer Hand. Ihr Herz polterte dermaßen, dass ihre Halsgefäße sichtlich pulsierten.

»Wir müssen uns fallen lassen, nur noch an uns denken. Wir können nicht raus, können nicht helfen, wollen nicht sterben. Der Bunker, dein Bunker, wird uns schützen. Und sollten die Raketen um uns herumfliegen, das Haus treffen, einen Krater aufs Grundstück setzen, dein Bunker wird uns ein gutes Gefühl geben. Allein die Angst, Mareike, die uns nicht schlafen lässt, ist Zeuge unserer Schwäche. Lass uns in einer Welt, bei anderen Gedanken in der Psychologie, der Medizin, der Philosophie, der Geschichte und deiner Physik leben.«

Karl nahm ihre Hand, er wollte eine Antwort.

»Spricht so der Weise?«, fragte sie. »Vermochte er es, seine Weisheiten jemals unters Volk zu bringen? Spricht so der Psychologe, der selbst irre werden kann? Spricht so der Mediziner, der berufen wurde, um viel Geld zu verdienen? Gehörte nicht auch der Tod zu seinem Geschäft? Und der Philosoph? Frage deinen Namensvetter Karl Marx aus Trier, aber mich als Physikerin frage bitte nicht.«

»Ja, möchtest du noch einen Pfefferminztee, von selbstgepflückten und getrockneten Blättern, aus unserem Garten?«

»Ja, bitte.«

»Möge sein Aroma bald in die Poren der Betonwände dringen«, lachte Karl.

Mareike fand nach der zweiten Tasse Tee sehr schnell Ruhe. Karl merkte, dass ihre Hände nicht mehr zitterten.

»Hast du dir einen anderen Tee gemacht?«, fragte er. »Er riecht …«
Mareike ließ ihn nicht aussprechen.

»… nach Baldrian«, antwortete sie.

»Nach Baldrian, oh, dann haben wir bald eine gute Mischung von Aromen in unseren Wänden. Sie werden uns helfen, immer nett und höflich zueinander zu sein.«

Beide lachten, endlich lachten sie mal wieder, was ausgerechnet Mareike veranlasste zu sagen, dass sie möglichst jeden Tag lachen sollten.

»Meinetwegen nach dem Meditieren, morgens und abends«, fügte Karl hinzu. Dann ergänzte er, dass es auch beim täglichen Philosophieren sein könnte. Nur so würde es ihnen gelingen, aus dieser Sargkammer, wie er den Bunker auch nannte, wieder herauszukommen. Denn zum Philosophieren hatte Karl große Persönlichkeiten, in Holz geschnitzte, in Keramik gegossene und in Stein gehauene, mit in den Bunker gebracht.

Schon am folgenden Tage, sie hatten gut gefrühstückt, wollten sie das Orakel von Delphi zurate ziehen.

»Ich frage das Orakel von Delphi!«, rief Karl. »Ich frage die Pythia, die Sprecherin des Gottes Apollon aus Griechenland.«

Apollon, in der Reihe seiner Figuren oben auf dem Regal, war aus Marmor. Karl nahm ihn von seinem Miniaturtempel, reinigte ihn vom Staub und hielt ihn bewundernd-lange in der Hand.

»Großartig, dieser Gott«, sagte Mareike. »Ein gut geformter Körper, muskulös, völlig nackig, mit einem hübschen Gesicht und kurzem lockigen Haar, ein Gott zum Anfassen. Ihm würde ich vertrauen.«

»So, so, Mareike. Aber auch er war nur eine Figur. In voller Größe und Schönheit stand er wirklich bis zum fünften Jahrhundert im Tempel bei Delphi und an anderen Orten Griechenlands. Aber die Pythia, seine Sprecherin, soll es wirklich gegeben haben.«

»Ach, und warum eine Sprecherin?«, wollte Mareike wissen.

»Warum? Hatten die Götter nicht immer Stellvertreter? Erinnerst du dich noch an den Rattentempel in Indien, an die vielen Ratten in ihrem eigenen Urin und Kot? Nur weil eine Prinzessin eine Vision hatte, in ihrem zweiten Leben eine Ratte zu sein, ließ sie diesen, wie du gesehen hast, großen Tempel bauen und viele Menschen pilgern heute täglich dorthin. So frage ich noch einmal das Orakel von Delphi; Pythia, Sprecherin des Gottes Apollon, so du dich im Trancezustand befindest: Werden wir Menschen uns vernichten?«

Mareike gab die Antwort: »Ja, Karl, oder nein, Karl, oder neinja. Glaube und Aberglaube gehörten schon immer zum Menschen, wenn es ihm an geistiger Vernunft fehlte. Aber Alexander der Große, Karl, soll doch auch um 300 vor Christus vor seinem Feldzug gegen die Perser dort gewesen sein?«

»Sagt man, Mareike. Und Pythia soll ihm gesagt haben, dass er ein unüberwindlicher Junge sei. Und so, wahrscheinlich überzeugt davon, wurde er ein großer Feldherr.«

»Ein Feldherr oder Mörder, Karl?«

»Mörder, Mareike. Jeder Eroberungsfeldzug gegen den Willen des Volkes ist Mord. Wie viele Kinder mag er auf seinen Feldzügen durch Kleinasien, Syrien, Palästina, Ägypten, Babylon oder durch viele andere Länder zu Waisen gemacht haben? Und das Ammon-Zeus-Orakel im damaligen Libyen erhob ihn zum Gottessohn – einen Mörder zum Gottessohn!«

»Ach, und die Philosophen, die da vor dir stehen: der Sokrates, dessen Schüler Platon und dessen Schüler wiederum, Aristoteles, Karl? War nicht Aristoteles zwei, drei Jahre als Erzieher des jungen Alexander tätig?« Mareike holte ihn aus der Reihe der holzgeschnitzten Figuren heraus. Es schien ihr wichtig, ihn näher zu beschreiben. Etwas vorwurfsvoll sagte sie: »Dieser kluge Mann mit dem Kopf eines großen Denkers, einer breiten Schulter und einem Vollbart; ein Akademiker, der maßgeblich die wissenschaftlichen Disziplinen Ethik, Logik, Dichtkunst und Physik oder die Staatslehre beeinflusst hat. Hatte er dem Alexander gesagt, dass er auf seinen zwölfjährigen Triumphzügen zahllose Leichenberge von Kriegstoten und Schlachtenopfer zu hinterlassen habe? Oder das menschliche Beutegut zu versklaven, Frauen, Mädchen und Jungen in die Bordelle zu stecken? Oder Frauen und Kinder vergewaltigen zu lassen, oder Felder zu verwüsten und Wälder zu roden?«

»Dieser kluge Mann, Mareike, hat dies mit Sicherheit nicht gesagt. Aber – du musst wissen, dass Alexander der Sohn eines Königs war, unter seinem Lehrer Aristoteles zeigte er Interesse an der Musik, Philosophie, Geografie und Ingenieurskunst. Erst als Feldherr entpuppte er sich als maßloser Kämpfer, feierte mit seinen Soldaten bei reichlich Alkohol Blut- und Bußorgien. Ich wiederhole: ›Orgien‹. Er war bisexuell. War er nicht ein Verbrecher, wie alle großen Führer Verbrecher waren?«

»Nicht alle großen Führer, Karl. Aber dieser hier«, Mareike tippte auf eine unvollständige Figur mit Hakenkreuz, »ist nur ein Torso, das Hakenkreuz fand ich in Indien als heiliges Symbol. Du nennst sie nur Verbrecher, Karl. Mörder sind es. Typen, die um der Macht und Gier willen Frauen und Kinder töten, sind Mörder. Auch die, die diesen Krieg jetzt wollten, sind Mörder. Und niemals sollten wir meinen, sie hätten der Menschheit auch Gutes getan.

Du nimmst dir Sigmund Freud, den großen Psychoanalytiker, zur Hand?«

»Ich möchte analysieren. Ich begreife es nicht, diesen Wahnsinn über uns. Vierzig Jahre habe ich Menschen behandelt, ihnen geholfen, länger zu leben, sie vor dem Tode gerettet, vierzig Jahre, Mareike. In diesen Tagen töten sie Millionen und Millionen Geschädigte bleiben zurück.«

»Und Millionen Waisenkinder, Karl.«

»Vielleicht, Mareike, vielleicht Millionen. Und ihnen möchte ich mit Sigmund Freud, mit dem Begründer der Abstammungslehre Charles Darwin und mit meinem Namensvetter Karl Marx sagen können, warum getötet wird. Freuds Forschungen im 20. Jahrhundert hätten das Dasein der Menschen auf einen sicheren Sockel stellen können.«

»Hätten, Karl. Hätten wir, hätten die anderen. Freuds Forschungen basierten auf fundamentalen Ergebnissen der Darwin'schen Abstammungslehre. Aber Geier haben sie zerfetzt, wie sie auch andere große Werke, die nicht sein durften, zerfetzt haben.«

Ganz unverhofft knurrte das Funkgerät. Mareike drückte Karl einen Finger auf die Lippen, flüsterte: »Pst, pst!«, und lief ans Gerät. Sie lief, weil sie Funkerin war, sie funkte: ›come from Rügen … come from Rügen …‹

»Mein Gott, Signale, Karl, nur Signale, ich nehme eine andere Frequenz, hier, schreibe bitte mit: ›W-E-I-H-N-A-C-H-T-E-N, F-R-O-H-E‹, frohe Weihnachten, Karl, ich funke zurück: ›Verstanden, Freund, versta …‹, Karl! Es ist sein Sender, nur noch sein Sender, nicht mehr der Funker!«

»Nur noch …«

Mareike war so erregt, dass sie Karl nicht aussprechen ließ.

»Ein schlechtes Omen!«, rief sie. »Er war so nahe, so nahe an Weihnachten. Ich muss messen, Karl. Öffne bitte die Luke.«

Noch in Gedanken an einen eventuellen Tod des Funkers, drückte Karl auf den Knopf. Schnell war Mareike in ihrer Schutzkleidung hindurch und bei den Messstationen. Die Werte waren gefallen. Sie lief ein zweites Mal herum, dankte dem klaren Abendhimmel und weinte vor Freude unter ihrer Maske. Lange stand sie da, ganz bei sich, am Bodden mit seinem spiegelklaren Eis unter dem Monde, und sprach vor sich hin:

>»Oh Welt, lebe auf!
>Ich sehe die Sonnenstrahlen
>über den Mond hernieder,
>vom Boddeneis gefangen gehalten.«

Sie schaute nach rechts zum Nachbarhaus, nach links zum Nachbarhaus und lief dann flugs wieder zurück. Erleichtert gelang es ihr, sich schnell zu entkleiden, erst durch die Schleuse zu huschen und anschließend in einen neuen Jogginganzug. Karl in Ängsten, so allein, war beim ersten Blick erleichtert. Er sah ihre strahlenden Augen. Sie fiel ihm um den Hals und sagte:

»Die Werte, Karl, alle Strahlenwerte sind gefallen. Und der Funker muss ja nicht gestorben sein. – Bald wird es auch wieder Strom geben und die Neuronen über den Erdball werden Signale zur Erde senden.« Sie drückte und küsste ihren Karl, der hinzufügte:

»Und alles Lebende wird wieder frei atmen können.«

So redeten sie sich von der Seele, was sie hätte im Schlaf belasten können, und gingen zu Bett. Karl schlief schon, als Mareike kam. ›Schlaf nur‹, dachte sie, als sie sich über ihn beugte und ihm einen Kuss auf die Wange gab. ›Du musst mich lieben. Sollten wir leben dürfen, so dürfen wir leben.‹ Sie schmiegte sich an seinen Körper, der bald nackt war.

Der Morgen nach einer erfüllten Nacht, er war ein anderer. Zu den üblichen zwei Stück Toastbrot kam noch eines dazu. Der Kaffee enthielt ein stärkeres Aroma, der Morgenkuss mehr Druck auf die Lippen. Ihrer beider Augen strahlten, sie suchten einander mit zufriedenen Blicken.

Sie unternahmen einen ersten Versuch, Musik zu hören. Der Plattenspieler hing am bunkereigenen Stromkreislauf.

»Spiel mir ›das Lied vom Tod‹«, bat Karl.

»Vom Tod?« Mareike erschrak bei diesem Wunsch. »Von Charles Bronson, der das Lied auf seiner Mundharmonika spielte?«

»Ja, den ..., weil er ein Gesicht hatte, mit dem man eine Lokomotive hätte stoppen können. Vielleicht hätte er auch diesen Krieg gestoppt.«

»Obwohl wir eine Nacht der Liebe und der seelischen Ruhe hatten, Karl, bist du schon wieder beim Krieg.«

»Im Krieg, Mareike, im ... Weniger Strahlen bedeuten noch nicht das Ende.«

»Immer haben die Menschen getötet, sag mir, warum? Sag's mir, Philosoph und Mediziner. Welches Areal im Hirn ist gestört?«

»Kein Areal im Hirn ist vollkommen, Mareike. Trotz einer Entwicklung von Millionen von Jahren haben wir es noch nicht geschafft, es vollkommen zu machen. Ihr Physiker hattet es da leichter, den Strom in die richtigen Bahnen zu leiten. Aber lass mich noch einmal ›Spiel mir das Lied vom Tod‹ hören, leise, bitte, ich möchte dabei weitererzählen.

Zur Urzeit war es die Jagd nach dem Wild, der stärkste, schnellste und erfolgreichste Jäger einer Horde wurde bald zu ihrem Anführer. Aus der Horde wurde eine Gemeinschaft mit einem Häuptling, aus der Gemeinschaft ein Volk mit einem König, Kaiser oder irgendeinem anderen Menschen. Irgendeiner.«

»Jetzt aber, Karl, schweifst du zu weit ab von meiner Frage. Gestern erwähntest du Charles Darwin.«

»Ach ja. Er war der Meinung, dass die Schicksale der Horden, die ich eben erwähnt habe, unzerstörbare Spuren in der menschlichen Erbgeschichte hinterlassen hätten. Sie haben, so meine ich, der Menschheit über tausende von Jahren vererbt, einem Herrscher zu folgen. Im Ersten Weltkrieg zogen die Massen freiwillig, jubelnd und siegesgewiss in den Krieg.«

»Ja, und auf ihren Koppeln stand: ›Mit Gott‹, Karl.«

»Genau, der Urvater der Horde, später der der Massen, war noch nicht sterblich, er wurde vergöttlicht. Und so herrschten sie mit Gott und töteten in seinem Namen.«

»Welch eine Verdummung der Massen, Karl. Und im Namen des Herrn gab es Schläge, Quälereien und massenhafte Vergewaltigungen an Heimkindern! Darf ich noch einmal an Carola Koszinoffski erinnern?«

»Oh nein, bitte nicht, lass sie in meinen medizinischen Unterlagen ruhen. Es sei denn, du gehst mit mir in Freuds Sexualpsychologie.«

»Gehe ich, eines Verständnisses wegen, aber keiner Entschuldigung.«

»Also, zu Sigmund Freuds Explorationen: Er fand heraus, dass viele Störungen im Kindes- und Erwachsenenalter hormonell bedingt seien. Hormone sind wichtige Regulatoren in unserem Körper, sie wirken auf unser Seelenleben im Zusammenspiel mit unserem Nervensystem. Seelenruhig bin ich, seelengut bist du und gemeinsam sind wir seelenstark, Mareike.« Karl lachte.

»Und verloren hatten ihr Seelenheil die Schwestern und ihren Seelenhirten die Priester in den katholischen Heimen, ist das so richtig, Karl?«

»Im Falle der von dir erwähnten Carola Koszinoffski war das so. Sie kam als Säugling 1961 ins Kinderheim St. Josef in Eschweiler bei Aachen. Ihre Erzieherinnen waren vom Orden ›Die armen Dienstmägde Jesu Christi‹.«

»Jesu Christi?«, fragte Mareike provozierend nach.

»Ja, Jesu Christi«, antwortete Karl. »Nomen ist Omen – dann erinnerst du dich auch an Schwester Theofriedis, die in einer Nacht dieses Mädchen … vierzehn lange Jahre erlebte sie einen christlichen Alptraum …

aus dem Bett in den verregneten Herbst nach draußen holte, um sie ihr eigenes Grab schaufeln zu lassen.«

»Und ob ich mich erinnere, das vergisst man nie. Jetzt brauche ich aber einen Beruhigungstee, dir gebe ich einen Whisky.«

Und Karl genoss ihn, er mochte den rauchigen Geschmack. Heute bevorzugte er den Ballantine's, morgen vielleicht den Jack Daniel's und übermorgen einen Johnnie Walker – je nach Lust und Laune. Ein Satz von ihm saß aber tief, nur einmal hatte er ihn gesagt:

»Sollten wir dahinsiechen müssen, würden wir den Freitod wählen. Zu jeder Whiskysorte hätte ich die passenden Tabletten.«

Aber momentan passte alles gerade zu Mareikes Stimmung.

Sie drückte auf den Knopf, um die Luke etwas zu öffnen.

»Du bist leichtsinnig«, sagte Karl.

»Warum? Der Filter schützt allein, ich muss die Fesseln ein wenig sprengen, möchte entspannter sitzen können.«

Zu Mittag gab es Eintopf, ein Gericht, das Karl beherrschte. Er nahm aus dem Regal der mittelgroßen Dosen eine heraus, ließ sie durch einen Automaten öffnen, gab den Inhalt in einen auf dem Herd stehenden Topf, fügte dessen Hintern kurzweilig Induktionsströme zu und nach einer Weile gab er jedem mit einem Schöpflöffel einen Schlag in die Schüssel. Der Hunger trieb's in den Magen, dann verlangte er nach einer Mittagsruhe. Die Masse im Bauch an vielen Erbsen, Bohnen und reichlich Fleisch wirkte als physikalische Größe nach, wirkte nach der Ruhe im vormittäglichen Gespräch.

Das Massenphänomen aber, auf den Krieg bezogen, stand wieder im Raum.

»Gestern, Karl, meintest du die soziologische Masse«, begann Mareike den Nachmittag.

»Natürlich«, antwortete Karl, »die soziologische. Um einem Physiker zu gefallen, können wir sie am Ende vielleicht mit der physikalischen verkuppeln, zum Beispiel die Masse an modernen Waffen mit den Massen an vernichteten Menschen. Zuvor jedoch zurück zu den Horden mit ihren Anführern, die ich ja bereits erwähnte.«

»Ja, Karl. Und aus ihnen wurden viele und immer mehr, jene Massen von Menschen mit ihren unzerstörbaren Spuren in der menschlichen Erbgeschichte.«

»Deswegen, Mareike, zeigen sie das vertraute Bild des überstarken Einzelnen in einer Schar von Gleichgesinnten.«

»Und was sagt uns das, Karl?«

»Der Mensch in der Masse wird seiner bewussten Persönlichkeit und seines Gewissens beraubt, des persönlichen Bewusstseins von sittlichem Wert!«

»Genau, denn der Kern des Gewissens ist die soziale Angst. Sie ist schlimmer als die Angst vor einem kläffenden Hund. Sie war es, die jenem Herrscher die Macht gab, der es verstand, den Menschen die Angst zu nehmen.«

»Natürlich, Mareike, lass mich das Wort ›natürlich‹ nehmen, natürlich mit den beiden künstlichen Massen – der Kirche und dem Heer.«

»Und da wären wir wieder bei den Horden und den Massen, der Kirche und dem Heer zur feigen Tötung von Menschen, Karl. Ich freue mich, Jesus Christus, aus weichem Holz geschnitzt, in die Hand nehmen zu können. Er hatte den Mut, sich gegen die Römer aufzulehnen.«

»Ja, gegen ein brutales, römisches Heer, das kreuzigte. Nachfolgende töteten in Gaskammern, mit Napalm und Atombomben.«

»Schön, Karl, dass wir ihn als Erdenmenschen neben Mohammed, Buddha, Konfuzius und Maria in den Kirchen auf unserer Insel haben.«

»Deswegen werden wir überleben, Mareike. Du hältst aber Jesus immer noch in der Hand!«

»Ich schätze ihn. Er war ein guter Mensch, er teilte mit den Armen das Brot, er predigte für Freiheit und Gerechtigkeit und fuhr mit den Fischern auf den See hinaus. Er wäre den Menschen ein Vorbild geblieben, hätte man ihn auf Erden gelassen.«

»Bei aller Mythologie, bei allen Märchen vor und nach Christus, Mareike, unser Jesus hat seinen Stuhl hier auf Erden, in seinen Kirchen, Kathedralen und Domen. Es gibt keinen Gott, Mareike, spätestens nach diesem Kriege, der den Himmel mit einbezogen hat, wird es keinen Gott mehr geben. Alle Märchen und Legenden sind dahingeschmolzen, das

Wort Gottes und Gottes Wort. Mit ›to guda‹, dann ›ghuto‹, schlussendlich ›ghutom‹ flehten die Menschen lange vor Christus den Himmel an, wenn es um den fehlenden Regen oder die Sonne ging, wenn Licht und Wärme fehlten. Und aus ihren Rufen wurde das berufene Wesen ›Gott‹.

Und 2000 vor Christus errichtete der ägyptische Pharao Cheops in nur 23 Jahren die größte Pyramide, in ihr sahen sie den Gott ›Horus des Horizonts‹.«

»Dann, Karl, machten die Griechen, wenn ich mich noch richtig erinnere, aus ›Horus‹ den ›Hormachis‹ und viel, viel später machten die Christen durch Übernahme aller Mythen und Legenden zu unserem menschlichen Vorbild Jesus Christus von Nazareth, Sohn der Maria und des Josef, ihren Gott, bis zu diesem Kriege.«

»Versuch's doch bitte noch einmal mit den Waisenkindern. Ich hörte so ein Surren in der Leitung, Mareike.«

»Oh, danke, Karl.« Mareike sprang sofort auf, als hätte sie nur darauf gewartet.

»Wen soll ich anwählen, Aljoscha Schewtschenko in Russland, Sun Mao in China, Ranga Tagore in Indien oder ...?«

Karl rief: »Sun Mao!«

Es gab keine Verbindung, es gab auch kein Surren mehr in der Leitung.

»Ich versuch's mit dem Funken ..., nichts, Karl, gar nichts! Alles tot, Karl, die Menschen und Tiere auf Erden, die Fische im Wasser, die Vögel in der Luft? In zwei Tagen haben wir Weihnachten, meine Stimme, du merkst es, wird nicht reichen, um ein Lied zu singen. Ich möchte nur ruhig in deinen Armen liegen und Mozart hören.«

»Nur Mozart?«

»Nicht nur wegen seiner Musik. Er war auch einer der ersten Künstler, der sich aus den Zwängen der Fürstenhöfe löste und trotz vieler Entbehrungen die Unabhängigkeit und freie Entfaltung vorzog. Wären alle geistigen Größen so gewesen, hätten sich alle Wissenschaftler, Historiker und Politiker gelöst von der Macht der Hordenführer, hätte es diese Schlacht nicht gegeben!«

»Du willst also wieder von Wolfgang Amadeus Mozart die ›Missa Solemnis‹, seine ›Waisenhausmesse‹, zwei bestimmte Kirchensonaten und zwei Episoden aus der ›Zauberflöte‹ hören, sagte ich das so richtig?«

»Ich will es nicht, Karl, ich möchte es. Und dazu wünsche ich mir ein Bühnenbild, das einst Karl Friedrich Schinkel entwarf, hier an die glatte, irre machende Bunkerwand. Du kannst es malen.«

»Du meinst die Darstellung eines konkaven, hellblauen Erdballes, du meinst die unzähligen Sterne, in drei Reihen angeordnet, die am blauen Hintergrund bogenförmig Himmel und Erde verbinden? Du meinst die Mondsichel über aufgelockerten, in allen Farben schillernden Haufenwolken? Du meinst den Sarastro – den Verkünder der Wahrheit und der höchsten Weisheit und Hüter des Lichts?«

»Genau das meine ich, Karl. Kein schöneres Geschenk gäbe es zu Weihnachten und kein größeres fürs neue Jahr, fürs Jahr des Menschen.

Nunmehr möchte ich den Weihnachtsbaum schmücken.«

»Gut, Mareike, ich stelle ihn dir auf, hole die Kartons mit dem Schmuck, gehe danach einstweilen nach draußen, um zu messen.«

Der Baum – 1,50 Meter hoch – war schnell herbeigeschafft, er stand in der Erde eines Bottichs von schöner Böttcherarbeit im kühlen Notausgang des Bunkers. Karl zog es nach draußen, die Neugier rief. Mareike hielt ihn noch einmal fest, schaute ihm tief in die Augen und flüsterte:

»Langsam, Karl, tue alles mit Bedacht. Überprüfe drei Mal deinen Schutzanzug, überprüfe die Atemgeräte, betrete den Boden vorsichtig als Geisel des Krieges, messe genau. Erst dann gebe mir die Strahlenwerte auf meinen Computer. Ich teile meine Gedanken beim Schmücken des Baumes mit dir.«

Karl blieb lange draußen, sehr lange. Währenddessen gab Mareike jedem Stern am Baum einen Namen, sie ließ die bunten Weihnachtskugeln im Lichterglanz erstrahlen, legte Lametta herum und küsste zum Schluss Großmutters uralte, hell leuchtende Krone für die Baumspitze.

Endlich gab Karl die Strahlenwerte auf ihren Computer. Sie zeigten einen klitzekleinen Unterschied zwischen OST und WEST.

Mareike musste schmunzeln. ›Die Welt wird niemals gleichmäßig verstrahlt sein, aber das Morgenland wird die Morola des Imperialismus mit all ihren Wurzeln endgültig ausbrennen‹, dachte sie.

Karl erlaubte sich, bei diesen Werten einen Ausflug ins Dorf zu machen. Er begegnete Nachbarn, Freunden in ihren Schutzanzügen und einem alten Mütterchen. Sie trug nur Gummistiefel, warme Kleidung und einen Schal um den Kopf.

»Noch ist die Welt verstrahlt, Mütterchen. Gehen Sie wieder ins Haus!«, rief er.

»Nein!«, rief sie zurück. »Der Teufel wird sie alle holen, diesmal wird er sie alle holen …, ich gehe keinen Schritt zurück, ich habe gelebt!«

»Aber heute ein paar Schritte zurück könnten Ihnen viele schöne Schritte bedeuten, während derer Sie dem Teufel danken können.«

Und sie ging, ging wieder ins Haus und Karl zurück. Mareike empfing ihn in fröhlicher Stimmung.

»Ich habe unseren Jesus mit den Engeln unter den, wie ich meine, schmucken Baum gestellt. Ich meine den Prediger und die Engel … weil sie doch so niedlich sind. Und vielleicht erinnern wir uns am Heiligabend an einen Menschen am Kreuz, des Statthalters Pontius Pilatus unter dem Kaiser Tiberius.

Wollen wir Abendbrot essen?«

»Gern.«

»Es ist der erste Abend seit vielen, Karl, an dem ich richtigen Hunger habe.«

»Gut so, ich mache uns ein rustikales Essen, sorge du derweil für einen guten Wein.« Karl holte dreierlei Presskopf, schnitt einen Teller Käse, gab Salzgurken und Senf dazu und brach das Brot.

»Du brichst das Brot, wie Jesus es gebrochen haben soll«, lachte Mareike.

»Hoffentlich gibt es keine Brotvermehrung in unserem Bunker, denn bei Matthäus wurden mit fünf Broten und zwei Fischen etwa 5000 Männer gespeist«, witzelte Karl. »Ja, bei Matthäus, auch Lukas machte ähnliche Angaben, Frauen und Kinder nicht mitgerechnet. Märchen, Mareike, Märchen.«

»Wie auch die Totenerweckungen und seltsamen Heilungen durch Jesus?«

»Natürlich, unendlich viele Legenden wurden zusammengetragen. Aber vieles wurde auch antiken hellenistischen Philosophielegenden entnommen, schon im vierten Jahrhundert vor Christus. Nachdem Konstantin von seinem Vater Kaiser Constantius die Macht übernommen hatte, begann er unter dem Einfluss seiner Mutter Helena das Christentum zu privilegieren.«

»Glaubte er nicht vorher, wie auch sein Vater, an den Sonnengott Sol?«, fragte Mareike.

»Musste er wohl, bis er merkte, dass das Christentum, gut organisiert und mit gebildeten Fachleuten in der Verwaltung und im Gelde, seine Macht stärken könnte.«

»Und zum Schluss, Karl, noch eine Frage zu seinem Konzil 325 in Nicäa, denn ich möchte mit dir noch einen schönen Abend haben: Ich glaube, es war doch das erste ökumenische Konzil überhaupt, oder?«

»War es, Mareike, mit über 200 Bischöfen. In deren Bekenntnis ist der Logos Jesus aus dem Wesen Gottvaters entstanden, es wurde der wahre Gott vom wahren Gott gezeugt.«

»Wie auch anders, Karl, da ja dein Kollege K. Evan Baer, Professor in Königsberg und St. Petersburg, erst 1827 unsere Follikel in den Eierstöcken entdeckt hat.«

»Ja, Mareike, leider sehr spät. Aber HOMINES SUMUS, NON DEI – Menschen sind wir, keine Götter. Gute Nacht.«

.

Teil IV

Mareike betete. Das tat sie, soweit sie sich zurückerinnern konnte, seit ihrer Kindheit jeden Abend, bevor sie ihre Augen schloss. Das war so drin, in Fleisch und Blut übergegangen. Das, was ihre Oma ihr gesagt hatte, den Vers und immer wieder den gleichen und dass sie niemals, auch nicht einen einzigen Abend, aufhören sollte. Sie schmiegte sich an Karl, suchte seinen Arm, beide lauschten der Unruhe draußen.

»Ein starker Ostwind rüttelt an den Fensterläden«, sagte Karl. »Es könnte ein Schneesturm sein.« Den Schnee erwähnte er, um sie auf das Weihnachtsfest einzustimmen. Ein guter Gedanke, denn beide fanden alsbald Schlaf, seit langem einen tiefen Schlaf.

Als Cixi mit ihrer hochschwangeren Tochter Xia um Mitternacht an das Fallrohr der Regenrinne klopfte, hatte sie Mühe, gehört zu werden.

Karl schnellte plötzlich hoch, denn er glaubte, geträumt zu haben. Dann aber, als auch Mareike aufgeschossen war, drückte Karl ein Ohr an die Wand, lauschte und sagte: »Am Fallrohr, Mareike. Es klopft am Fallrohr!«

Dieses Klopfen erzeugte Angst, schlimme Gedanken. Es klang nach Hilfe in der Not, nach Rettung, nach Rettung von Menschen. Aber sie könnten gefährlich sein, aggressiv, verstrahlt, unterkühlt, Hunger leidend! Soundsovieles ging in Sekundenschnelle durch seinen Kopf. Aber in dem vielen sah Karl auch seine Pflicht, nachzusehen. Er stand auf, zog sich an, Mareike weinte … Er ging mit einer Taschenlampe ins Haus nach oben.

Seit Wochen öffnete er wieder ein Fenster, sein Lichtkegel traf …

»Karl!«, rief eine gedämpfte Stimme durch die Maske. »Karl«, weinte sie. Dann drang eine andere, hellere, heulende Stimme nach oben. Jetzt packte es ihn. Er lief hinunter, stürmte durch die Schleuse, ums Haus, blieb stehen – im Lichtkegel erkannte er Cixi, neben ihr vielleicht Xia?

Beide kauerten geschwächt am Fallrohr. Dann rief er: »Cixi! Xia?« Schnell reichte er jeder eine Hand, zog sie hoch, Cixi zur Rechten, Xia zur Linken, und ging mit ihnen in die Schleuse.

Währenddessen war Mareike hinzugekommen, sie schaute durch die Scheiben und hielt sich beide Hände vor den Mund. Und dann: die Blicke ihrer Augen, die Blicke ihrer tränenden Augen, mit Ach und Weh erreichten sie alle Herzen.

Mareike brachte ihnen große Handtücher, Badeschuhe und Mäntel. Der Weg hinunter in den Bunker war einerseits quälend, andererseits beruhigend. Karl schaffte ihre Koffer heran. Der Schlafbereich hinter einem Vorhang sollte ihnen gehören, Karl und Mareike wollten im Haus schlafen.

»Nehmt euch, was ihr braucht«, sagte Mareike. »Ich mache derweil Tee und ein Abendbrot. Hier seid ihr sicher, atmet frei, seid wieder Mensch. Wir gehen derweil nach oben, um unser Nachtlager vorzubereiten.«

Alle Räume waren noch dunkel, die Fenster abgedichtet, das Licht einer kleinen Lampe musste reichen. Zur späten Stunde kamen Karl und Mareike noch einmal in den Bunker. Cixi und Xia hatten reichlich Tee getrunken, etwas gegessen und waren danach völlig geschwächt ins Bett gefallen. Xia, hochschwanger und kurz vor dem Termin, war sofort eingeschlafen, sie lag in Cixis Armen.

»Ich werde bei euch bleiben«, sagte Mareike. »Karl wird uns von oben beschützen.«

Mehr der Worte kamen nicht an. Die Schwäche aller drei Frauen hatte gesiegt und sie in tiefen Schlaf gebracht.

Karl schloss die Luke von außen, er hatte von allen Räumen aus akustischen Zugang zum Bunker.

Gegen Morgen tobte es draußen. Orkanartige Schneestürme peitschten gegen das Haus. Sie drohten die Scheiben einzudrücken und die Dachziegel in die Luft zu schleudern.

›Das auch noch‹, dachte Karl. ›Das musste ja kommen: Eine zerstörte Troposphäre, so zwischen 8 und 16 Kilometer in der Atmosphäre. Und bald wird sich das Wasser der Ostsee wieder mit dem Bodden verbinden‹, schätzte er.

Der Krieg hatte das Gleichgewicht zwischen Himmel und Erde aus den Angeln gehoben. ›Millionen von Vögeln werden im Flug gestorben sein, die Pflanzen am Stiel umgeknickt, der Wurm in der Erde zur Gallerte geschmolzen.‹

Karls Herz trommelte gegen die Brustwand, er schnappte nach Luft, beugte sich im Bett nach vorn, drückte mit den Zeigefingern erst auf seine Augen, dann auf die Halsnerven zwischen Oberkiefer und Schädelknochen. Die Ruhe kam wieder. Nur noch wenige Stunden.

Mareike meldete sich auf dem Monitor: »Guten Morgen, mein Schatz. Xia hat vermutlich Wehen, leichte, meinte Cixi. Sie messe die Intervalle. Sie habe Schweißperlen auf der Stirn.«

»Bin gleich da«, so seine drei Worte auf dem Bildschirm. Er sprang aus dem Bett, zog sich Hygienekleidung an, ging einmal hinter der Schleuse durch die Desinfektions-Luftdusche, öffnete per Knopfdruck den Bunkerdeckel und stieg hinab.

Mareike fiel ihm um den Hals, die Frauen waren erleichtert. Dann küsste er Cixi auf die Wange und legte Xia eine Hand auf die Stirn.

»Schön, dass du Wehen hast«, sagte er. »Du hast sie an einem guten Tag. Dieser Tag hat einen heiligen Abend, er muss dir gehören, nur dir und deinem Kinde.«

Xia kannte das deutsche Weihnachtsfest, sie liebte es. Sie hatte sich schnell von den Strapazen der letzten Tage erholt und fühlte sich geborgen. Ihre Hände lagen zu beiden Seiten des Leibes auf dem schon gesenkten Fundus. Karl sollte wissen, dass die Senkung vor drei bis vier Wochen eingetreten war.

»Der Kopf ist bereits ins Becken eingetreten«, sagte sie vor einer neuen Wehe.

»Es ist die fünfte, Karl, nach jeweils zehn Minuten«, fügte ihre Mutter hinzu.

»Und die Herztöne«, Mareike zeigte Karl ein Protokoll, »liegen zwischen 120 bis 140 pro Minute, sind regelmäßig, besitzen kräftige Doppelschläge mit dem Akzent auf dem ersten Ton. Der Radiuspuls von Xia liegt zwischen 60 und 80 pro Minute, ihr Blutdruck bei 140 zu 90 mm Hg.«

»Danke«, sagte Karl. »Gönnen wir uns ein gutes Frühstück und unserer lieben Xia einen Tee.«

Nach den Ereignissen in der Nacht fanden sie endlich Zeit, sich zu unterhalten.

»Wir hatten Glück – oh nein, ich muss anders beginnen«, sagte Cixi. »In der Nacht vor drei Tagen rief Lili uns auf dem Handy an, dass ihr Stadtteil gerade bombardiert würde, ihnen beiden ginge es gut. Nur die Klinik, Lili weinte, die schöne Klinik, wiederholte sie sich, sei weg, zurzeit versuchten sie, unterirdisch neue Räume einzurichten. Wir sollten sofort in den Keller gehen, dort fänden wir alles, was wir brauchten. So lebten wir zwei Tage in Todesängsten, ohne irgendeine Information. Uns schien: alles sei tot.«

»Kein Telefonat?«, fragte Mareike.

»Keine Worte, nur unsere sehr bedachten und ausgewählten. Der Mutterinstinkt schützte meine hochschwangere Tochter, seit den ersten Senkwehen hofften wir auf Hilfe. Und mein Bauchgefühl sagte mir, dass alles gut werden würde.«

Xia hatte dem Gespräch vom Bett aus gelauscht. Sie rief, nach einer erneuten Wehe: »Dann ist unverhofft, ganz plötzlich, Bernd König im zuvor desinfizierten Schutzanzug zu uns in den Keller gekommen. Er nahm die Maske vom Gesicht, lächelte ein wenig und sah auf das Protokoll meiner Schwangerschaft. Für uns völlig überraschend sagte er: ›Ihr müsst sofort nach Rügen zu Mareike und Karl. Hier habt ihr für jeden einen Schutzoverall, packt eure Sachen, der Rettungswagen steht vor der Tür.‹«

»Zwei Wagen standen vor dem Haus«, ergänzte Cixi. »Bernd fuhr bei Dunkelheit in Richtung Stadt, wir in Richtung Land.«

»Der Fahrer war nett«, erwähnte Xia nebenbei aus ihrer Ecke. »Sehr nett, er war ein ruhiger Rettungsassistent. Er redete mit uns während der gesamten Fahrt und erzählte uns etwas über die Straßen, die Ortschaften – der Mond brachte etwas Licht auf die Erde. Aber jetzt, oh … oh! Ich glaube … meine Fruchtblase … ich denke!«

Karl sprang auf und sah nach. »Ja, Xia, das ist der Beginn der Geburt. Wir müssen handeln. Wir, Mareike und ich, melden uns über den Monitor von oben, deine Mutter bleibt mit dir hier allein. Sie weiß, was zu tun ist.«

»Aber …« Cixi wollte widersprechen, vielleicht wollte sie gern Mareike oder Karl dabeihaben.

»Das ist schon alles gut so«, entgegnete Karl sofort. »Du führtest deine Tochter durch eine angstvolle, finstere Nacht, nimm sie jetzt allein an die Hand, im hellen Licht. Frage uns über den Monitor.«

Cixi führte ihre Tochter zum Wasserlassen und Entleeren des Darms. Die Ganzkörperreinigung erfolgte unter einer Dusche, neue, stärkere Wehen mahnten zur Eile.

Schnell waren Karl und Mareike wieder zugegen. Mareike half, das Bett für eine unkomplizierte Geburt vorzubereiten. Karl stand abseits, um gedanklich die vier wichtigsten Geburtsfaktoren – Kind, Becken, Wehen und Muttermund – durchzugehen.

Viele Geburten hatte er als praktischer Arzt nicht durchgeführt, aber alles war wieder da. Die Anspannung löste sich, schnell waren Hände und Unterarme gewaschen, ein steriler Kittel und die Handschuhe angezogen.

Schon saß er vor der Kreißenden mit lockerer, freundlicher Miene.

Xia wusste, dass das Kinderkriegen weh tut, ihr standen die Schweißperlen auf der Stirn, puterrot war ihr Gesicht. Karl verkündete die Eröffnungsperiode:

»Du hattest in der letzten halben Stunde zwei bis drei Wehen, Xia. Dieser Rhythmus muss andauern. Sei tapfer, ich weiß, dass du Schmerzen hast, schreie und presse. Schreie hinein in unseren Bunker, schreie gegen den Krieg, schreie für dein Kind. Ich sehe eine zunehmende Erweiterung deines Gebärmutterhalskanales, ich sehe das Köpfchen … Wie sind die Herztöne?«, fragte Karl Mareike nach jeder Wehe.

»Gut, immer gut«, antwortete sie.

»Ich sehe, wie sich das Köpfchen einschneidet, ich beginne mit dem

Dammschutz. Mehr pressen, wenn ich es sage. Gut, ich sehe einen intakten, geröteten Damm, mit dieser Wehe könnte schon der Kopf kommen. Und er kommt, ihr macht das gut. Du, liebe Xia, bist gleich eine tolle Mutter. Es ist eine normale Hinterhauptlage, nur wenige Handgriffe noch. Mareike! Gib bitte noch die Spritze zur Schmerzlinderung.« Sie wirkte schnell.

Karl umfasste erleichtert und zuversichtlich den Kopf des Kindes mit beiden Händen, senkte ihn, um die vordere Schulter zu entwickeln, dann hob er ihn für die hintere. Das Erscheinen des Rumpfes, der Hüfte und der unteren Extremitäten waren dann nur noch Freude und abermals Freude. Ein Sohn wurde geboren, abgenabelt, gereinigt und der Mutter in den Arm gelegt. Er schrie. Cixi durfte ihn in den Armen halten, dann Mareike, dann Karl, der ihn auf dem Wickeltisch gründlich inspizierte.

»Mareike, schreibe bitte: Länge 50 cm.« Karl fasste das Kind an den Unterschenkeln, ließ es mit dem Kopf nach unten hängen und maß es vom Scheitel bis zur Ferse. »Gewicht 3300 g, blassrosa die Haut, die Hoden im Hodensack, ein toller Knabe. Jetzt noch eine saubere Ausstoßung der Plazenta und uns kann nichts mehr erschüttern.«

Dann wollte er ein paar Minuten allein sein. Er ging nach oben und setzte sich in die dunkle Stube. ›Mein Gott‹, dachte er, ›was hätte alles passieren können.‹

Er zündete sich eine Kerze an, sie flackerte ein wenig, das Haus vibrierte. Er erschrak, umfasste krampfhaft die Armlehnen seines Sessels, biss sich auf die Lippen.

Dann aber ließ er sich entspannt zurücksinken, ließ die Arme fallen und atmete ganz ruhig. Er dachte: ›Nein, nein, ihr könnt uns nichts mehr tun. Ein neuer Knabe wird heranwachsen und mit ihm eine andere Welt.‹

Er nahm das Licht, trug es behutsam in den Bunker, um es dort an den Weihnachtsbaum zu stecken, und sagte: »Ein Licht für unsere junge Mutter und ihr Kind.«

Nachdem dann auch noch die Plazenta vollständig ausgeschieden worden war und die Blutung zum Stehen kam, gab es eine leise Weihnachtsmusik. Xia schlief, ihr Sohn schlief.

Sie gaben Karl das beruhigende Gefühl, sich mit den beiden Frauen zurückziehen zu können, an einen runden Tisch in die Nähe des Weihnachtsbaumes. Mareike hatte auf die Schnelle für ein gutes Weihnachtsgedeck gesorgt, dazu gab es Weißwein. Sie stießen an, beim Klang ihrer Gläser flüsterten sie sich gegenseitig zu: »Zum Wohl.«

»Ihr meint Wohlergehen, Wohlhabenheit, Besitz. Wir meinen sittlichrichtiges Wollen«, so versuchte Cixi das ›Zum Wohl‹ zu interpretieren. Das mochte sie: gut zuhören, analysieren und interpretieren. Ein Ausdruck ihrer Intelligenz, erinnerte sich Karl an ihre gemeinsame Schulzeit im Waisenhaus.

»Wieder eine deiner bekannten Interpretationen, Cixi«, warf Karl lachend ein.

»Es liegt mir«, antwortete sie.

»Seit unserer gemeinsamen Schulzeit. Ich erinnere mich, dass du dadurch so manche stupide Unterrichtsstunde, in welchem Fach auch immer, aufgelockert hast«, meinte Mareike.

»Deswegen hat es mir Spaß gemacht, Sprachen, Geschichte und Philosophie zu studieren.«

»Und in welchem Fach gelingen dir die besten Gespräche?«, wollte Karl wissen.

»In der Sprache liegt Logik, in der Geschichte Grübelei, aber in der Philosophie, ist sie gut, nichts als Wahrheit.«

»Und aus allen konntest du etwas zu den Kriegen entnehmen?«, wollte nun Mareike wissen.

»Etwas? Natürlich alles; dem ersten Laut der Menschwerdung über dessen wahre Geschichte und der beweisenden Philosophie. Und sie steckt in keinem Größeren als in eurem Karl Marx. Ich habe ihn, zu meiner Bewunderung, unter allen hölzernen Größen erkannt. Nur eines zu ihm: Auch diesen Krieg hätte er vorausgesehen. Lasst uns lieber heute Abend bei Jesus Christus, Konfuzius und Buddha bleiben.«

Mit einer wegwerfenden Handbewegung in deren Richtung schauten alle hinüber. »Ach!«, rief sie plötzlich, stand auf und holte den Hippokrates aus dem Regal und stellte ihn auf den Tisch.

»Nimm ihn bitte in die Hand«, bat sie Karl. »Alles, was er gewollt hat, hast du bei der Geburt von Xia auch gewollt. Sei du unser Hippokrates, bleib bei seinem Eid, auch wenn eure Ärzte schwächeln – jeder deiner Handgriffe diente dem sicheren Geburtsweg. Ich hatte bei Xia einen Kaiserschnitt.«

»Aber ihr Sohn, Cixi«, sagte Karl, »da er den schwierigen Weg genommen hat, wird von allen Wegen den richtigen finden. Ist es nicht ein Wunder, bei aller Qual zuerst das Köpfchen sehen zu können, die kleine und große Fontanelle, dann das Hinterhaupt, dann den ganzen Kopf, die Arme und den Rumpf? Millionen von Jahren brauchte es über alle phylogenetischen Stadien.«

»Und millionenfach«, fügte Cixi hinzu, »wurde der menschliche Schädel zertrümmert. Dieser Krieg, wenn wir denn heil herauskommen sollten, bedarf keiner Zählung mehr, er bedarf auch nicht der Trauer. Er bedarf des großen Mutes. Jetzt aber – Xia wünschte sich zur Geburt ihres Sohnes Ludwig van Beethovens 9. Sinfonie und daraus ›Die Ode an die Freude‹, deren Text von Friedrich Schiller verfasst wurde.«

Ein Wunsch, dem Mareike und Karl lobpreisend zustimmten. Cixi äußerte jedoch Bedenken wegen der Akustik im Bunker.

»Du hast Recht«, antwortete Mareike. »Wir sollten die Wände etwas dämmen, lasst mich einen Moment überlegen … Denn wenn bei ›Millionen umschlingend‹ die Gedanken der Freiheit und Brüderlichkeit in uns unvergesslich bleiben sollen, müssen unsere Seelen den großen Meister in uns aufnehmen. Ha! Karl, ich weiß, spiele den Weihnachtsmann. Gehe bitte auf den Boden, dort liegen Großmutters Wandteppiche.«

Ohne viele Worte eilte er nach oben, schnell war er wieder zurück.

Allein der Anblick von neuen alten Landschaften an der Wand verlangte nach Beethovens Musik. Als sie dann erklang, saßen Mareike zu seiner Rechten, Cixi zur Linken, Xia lauschte mit geschlossenen Augen im Bett. Wie ein Wunder schlief ihr kleiner Sohn bis ins Chorfinale der 9. Sinfonie. So als wüsste er, dass Beethoven in all seinen Werken zum

Künder der Humanität geworden ist und dass nur bei wenigen Persönlichkeiten der Geschichte eine solche Einheit von Mensch, Weltanschauung und Werk besteht.

Die 9. Sinfonie bescherte ihnen einen triumphalen Heiligabend.

Teil V

Am Morgen traten, wie in all den letzten Tagen, Karl und Mareike gemeinsam vor das Haus. Frostige Kälte wehte ihnen vom Bodden her entgegen.

Es war der erste Weihnachtstag.

»Licht über dem Horizont!«, rief Karl hinaus aufs Wasser, er hob u-förmig die Arme. »Schau nur, Mareike.«

»Ja, kein Staub mehr, kein Niederschlag, Karl, kein …! Ach, woran dachten wir? Warum nicht an eine Unendlichkeit? Vor 13,8 Milliarden Jahren war der Urknall.«

»Und mit ihm begann die lange zeitliche Entwicklung unseres Universums. Du willst sagen, dass wir unser Sonnensystem, das Licht, den Schatten, die Wärme und die evolutionären Entwicklungen als Glücksfaktoren des Menschen zu betrachten hätten. Wie wahr, Mareike. Und das in einem bestimmten Raum und in einer bestimmten Zeit, in dem und in der wir unser Leben zu gestalten haben.«

Er nahm Mareike in seine Arme, drückte sie ganz fest und jeder ging zu seinen Messstationen. Der verharschte Schnee, über der Staubschicht gelegen, knirschte unter ihren Gammastrahlen-Schutzstiefeln. So gingen sie frei atmend, hatten die Masken abgenommen, blieben halbwegs ab und zu mal stehen und genossen die weiße, freie Natur. Die Messwerte waren gut. Ihre Spuren, eingedrückt durch Schnee, Staub, bis auf die Folie, alles stimmte sie nachdenklich.

»Die Mutter Erde, Karl, was mag sie noch wert sein?«, fragte Mareike.

»Sag's mir, Physikerin, was soll ich darauf antworten? Du denkst an das Morgen, ich an das Heute. Ich sehe noch keinen Nachbarn, sehe keine Vögel fliegen, nur … Höre! Der kleine Bub im Bunker schreit.«

Cixi hatte die Luke und alle Türen vom Wintergarten hinaus ins Freie geöffnet. Nichts hielt sie mehr, als sie die über Funk auf dem Monitor gelandeten Messwerte las.

Xia stillte ihren Sohn. Ihre Brüste gaben reichlich Milch, reichlich bei einem kräftig, etwas schmerzhaft wirkenden Saugreflex. Nach der üblichen Prozedur und Cixis Morgentoilette standen alle gelöst, freudig, ja glücklich ums Bett herum. Mareike hatte Tränen in den Augen. Karl tupfte sie ihr unauffällig ab, sie konnten keine Kinder bekommen.

Dann sagte er, seinen Blick auf Xia gerichtet: »Dein Sohn wird dir immer gehören, dir und deinem Mann, so wie du deiner Mutter und deinem Vater. Niemand sollte über die Feiertage den Verdacht hegen, einen Angehörigen verloren zu haben. Ich empfinde ein anderes Weihnachten.«

Alsbald begann er, das Primitive des Krieges zu beseitigen. Er hatte vorgesorgt, hatte einen großen Kompressor, lange Schläuche, spezielle Flüssigkeiten. Danach durfte Mareike die Fenster öffnen, alle Klebestreifen entfernen und das Licht in die Wohnungen lassen.

Gegen Abend bekamen Xia und ihr Kindchen ein eigenes Zimmer. Cixi eines daneben. Leben kam ins Haus. Ein Leben mit neuen Werten. Auch wenn in jedem ihrer Köpfe irrige Gedanken lauerten. Und immer noch kein Wort aus der Ferne, kein Bild, nur mörderischer Geruch lag in der Luft.

Mareike hatte zum Abendbrot Lachshäppchen mit Ei und Kaviar zu bieten, Karl einen roten Burgunder. Ihm war es gelungen, den niedlichen Weihnachtsbaum unbeschadet aus dem Bunker heraufzuholen. Alle Kerzen brannten wieder. Ihr Licht reichte aus, um sich im Wohnzimmer wohlzufühlen.

Cixi hatte den die ganze Wandfläche einnehmenden, eichenen, verglasten Bücherschrank im Blickwinkel.

Xia schaute auf ein durch Lichterglanz erstrahltes Bild. Es faszinierte sie so sehr, dass sie bat, das Abendbrot unterbrechen zu dürfen, um sich das Bild näher anzuschauen, Mareikes Lieblingsbild.

»Natürlich«, sagte sie. »Es ist ›Madame Seriziat und ihr Sohn‹, beide in hellem Beige vor dunklem Hintergrund. Von dem französischen Maler Jacques-Louis David aus dem 18. Jahrhundert.«

»Eine glückliche, schöne Frau«, fügte Cixi hinzu. »Hattet ihr nicht auch einen berühmten Maler namens David? Einen großen Romantiker? Ich erinnere mich an ein Bild in Kreide gehauener halbmondförmiger Spitzen. Vom Hochufer aus schaut ein älterer Mann mit Hut und Stock hinunter aufs Meer.

Eingerahmt durch überragende, grün, grau, gelb beblätterte Äste phantastisch gewachsener Bäume. Hing es nicht in unserem Waisenhaus?«

»Na klar, Cixi«, antwortete Mareike überzeugend. »Es hing doch bei Manu im Musikkabinett, neben Schumann, Haydn und Chopin.«

»Ach ja, jetzt klingelt es, ich entsinne mich. Wir sollten doch, wenn Manu auf dem Klavier den Schumann und Josef den Chopin spielte, auf die Bilder schauen und uns inspirieren lassen.

Jetzt habe ich euren Maler – Caspar David Friedrich. Wie konnte man auch hinter einen David, einen israelischen König, noch einen Friedrich setzen?« Alle lachten.

Dann sagte Mareike, dass sie gern einen Sohn gehabt hätte, deswegen liebe sie das Bild mit der Madame und deren Kind über alles. Und da Karl noch immer ein Träumer sei, habe er sich das Bild von Caspar David Friedrich gewünscht. Karl schmunzelte.

»Lieber wäre ich ein Konfuzius geworden«, sagte er untertänig.

»Konfuzius?«, hakte Xia ungläubig nach. »Wie denn? Vielleicht um etwa 500 vor Christus?«

»Du meinst … zur richtigen Zeit am richtigen Ort, Karl?«, wollte Mareike wissen. »Waren das nicht einige der vielen Faktoren, die am Rad der Weltgeschichte drehten? Verfingen sie sich nicht in ihren eigenen Speichen, hirngeschleudert, die schlimmsten Menschentöter?«

»Am richtigen Ort mit schwachen Menschen zu einer Zeit, die sie schwach werden ließ«, fügte Xia hinzu. »Und nicht zu vergessen«, fuhr sie fort, »dass kriegerische Erbanlagen sich vom Führer der Horden, nach Charles Darwin und Gregor Mendel, auf den heutigen Mörder übertragen haben.«

»Du sagst es, Xia«, antwortete Karl. »Es war unser beider Thema in dieser grausamen Zeit der schlaflosen Nächte.« Er schaute auf Mareike.

»Wir, Xia, sprachen über die, die die meisten Menschen haben töten lassen«, ergänzte Mareike. »Wie Hitler, Alexander den Großen, Cäsar, Augustus und Stalin. Am perversesten fanden wir aber Churchill, er befahl noch im Juli 1944 einen Luftangriff mit den tödlichen Milzbranderregern vorzubereiten, mit denen Berlin, Hamburg, Frankfurt und Stuttgart für ein Jahrhundert unbewohnbar gemacht werden sollten.«

»Nur gut«, warf Cixi ein, »dass wir einen Konfuzius, einen Jesus von Nazareth, einen Mohammed und Buddha haben. Sie gehörten Zeit ihres Lebens zu den Sanftmütigen und Gelehrten.«

»Und gejagt wurden sie von der Kirche und den Dummen und den ewig mitheulenden Wölfen, auch die berühmten Astronomen jagten sie«, setzte Karl fort und hatte auch auf Anhieb einige Namen parat: »Claudius Ptolemäus, Nikolaus Kopernikus, Tycho Brahe, Galileo Galilei und ach, der liebe Johannes Keppler mit seinem berühmten Werk, dem ›Harmonice Mundi‹. Er rettete sich vor der Inquisition, seine Bücher aber wurden verboten.«

»Das wird es nun nicht mehr geben«, sagte Cixi. »Nach diesem Kriege und nach dem Sieg des Morgenlandes über das Abendland überhaupt nicht mehr. In ihm verbirgt sich weder die Kraft des Menschen, nach Höherem zu streben, noch der Wille dazu. Harmonie und Mitte, Gleichmut und Gleichgewicht galten Konfuzius erstrebenswert, durch Bildung, durch Achtung vor anderen Menschen und Ahnenverehrung. Wer Streuwiesen auf Friedhöfen pflegt, findet keinen Namen mehr.«

Xias Baby schrie. Allen ging der Schrei ans Herz. Selbst Karls Augen glänzten. Dieser Schrei unterbrach wohl ein Zeitalter der Menschheit, denn ein anderes, das des Menschen, brach an.

Plötzlich brannte wieder Licht im Haus, in den Geräten schnurrte es, überall Licht, weit über dem Horizont. Sie liefen von Fenster zu Fenster, drückten mal hier, mal dort auf einen Schalter, sahen ein Flimmern, Blinken, Blitzen und Feuerspeien. Sie sahen auch ein Leuchten in ihren Augen, das Freude ausstrahlte, lagen sich in den Armen und weinten. Selbst Karl weinte. Er weinte vor Glück, vor Weh und Ach. Was wird sein, was wird kommen? Dann packte es ihn: Er lief hinunter in den Bunker, holte seine Geräte, einen großen Staubsauger mit strahlensicheren Beuteln, zog sich die Schutzkleidung an und ging ans Werk. Nichts mehr konnte ihn aufhalten, seinem Willen, aufleben zu wollen, zu folgen. Er begann die Folie auf seinem Grundstück herum vom Staub zu befreien. Er wollte laut sein, ließ seine Aggregate lautstark arbeiten und überprüfte jeden gereinigten Meter. Er schaute zum Nachbarn rechts, rief hinüber nach links. Kalt war es, kein Schnee war hinzugekommen, noch immer Licht am Horizont.

Gegen Mittag war es geschafft. Um ihn herum Ruhe, gespenstische Ruhe.

Nach dem Mittagessen, Cixi hatte ein chinesisches Essen gekocht, Xia gerade ihren Sohn gestillt, hörten sie kindliche Schreie.

»Es ist die kleine Eva Krüger!«, rief noch verhalten Mareike und lief ans Fenster. »Es ist die Eva! Karl, lauf hinüber! Ich sehe nur die Eva, im Nachthemd, frierend!« Karl stieg schnell in seinen Schutzanzug, er eilte, riss die Pforte auf, nahm das Kind in seine Arme und erreichte die Wohnung – die Eltern waren tot. Erhängt. Eva klammerte sich um seinen Hals, war plötzlich ruhig, wie geschockt. Im Kinderzimmer fand er warme Sachen für das Kind, fand aber auch Tabletten auf dem Tisch und einen Abschiedsbrief:

»Wir riefen nach Gott
wir schliefen nicht
wir schwebten fort
und sahen kein Licht.
Gott nahm unsere Seelen
den Mördern das Fleisch
erbauet steinerne Stelen
ergründet ein ewiges Reich.
Eva   Rüdiger   Susann«

Karl hüllte das Mädchen in warme Decken, legte einen wollenen Schal um ihren Kopf und ging zuerst durchs Schlafzimmer der Eltern, dann durch die Küche, um schnell in die Schleuse zu kommen. Denn Eva war entkräftet, unterkühlt, bei schwachem Kreislauf.

»Wir müssen hier durch!«, rief Karl Eva zu, um sie wach zu halten. »Ich gebe dir eine warme Dusche, schau mich bitte an, schau mich bitte an! Gleich bekommst du warmen Tee, ein warmes Bett und alles, was du willst.«

Eva blieb apathisch, noch lange, noch im warmen Bett, als alle um sie herum standen und um ihr Leben bangten. Karl holte das Stethoskop, als er meinte, ihren Puls nicht mehr fühlen zu können. Die Frauen gingen auf und ab, Xia zu ihrem Baby. »Das Herz schlägt, es schlägt!«, rief Karl aufgeregt Mareike zu. »Aber leise, hole bitte meinen Rettungskoffer, wir müssen infundieren.« Karl blieb ruhig, er suchte unter der Clavicula ein Gefäß, glaubte, es gefunden zu haben, Mareike reichte ihm geschickt und umsichtig zu, was er brauchte.

»Es tropft!«, rief sie. Karl richtete sich auf, zählte die Tropfen, dann schloss er für eine Weile die Augen. ›Geschafft! Du wirst leben, mein Mädchen‹, dachte er.

»Du wirst leben!«, rief er und Mareike erkannte an seiner Atmung, wie ihm ein Stein vom Herzen fiel. Er sagte nichts mehr. Mareike bemerkte eine zunehmende Rötung in Evas Gesicht, eine deutlichere Bewegung des Brustkorbes und einige Reflexe. Karl saß noch immer regungslos auf dem Bettrand, denn das Glück zu fassen hätte eines Aufschreis bedurft, aber er war Arzt. Mareike beugte sich über ihn und gab ihm einen langen Kuss auf die Wange. Cixi blieb weinend im Hintergrund.

Das Mädchen erwachte. Nach 16 Minuten und 12 Sekunden erwachte Eva Krüger, 7 Jahre alt, aus ihrem Schock durch einen der schlimmsten Kriege im 21. Jahrhundert der Menschheit. Ihr erstes Getränk, ein Glas warmen Tee, trank sie gierig, wohl die erste Flüssigkeit nach drei Tagen.

Denn als Karl die Leichen ihrer Eltern, nachdem er sie fotografiert hatte, abschnitt, konnte er in etwa den Todeszeitpunkt feststellen.

Evas Todesdosis an Schlafmitteln war gewollt, vielleicht auch nicht gewollt, falsch berechnet worden. Den Abschiedsbrief schrieb ihre Mutter.

Am frühen Morgen des nächsten Tages, als es hell wurde am Horizont, begruben sie Evas Eltern Rüdiger und Susann tief in der Erde auf ihrem angestammten Grundstück.

Am Nachmittag heulten die Sirenen, irgendwoher kamen sie. Auch gab es kurzzeitig Strom, aber immer noch kein Bild, keinen Ton auf den Bildschirmen, nur ein bisschen Strom. Und aus dem Äther nach Reflexion eines künstlichen Raumkörpers, vermutlich einer Großmacht versatile Technik, ein paar tönerne Brocken.

Da, das Funkgerät schlug an! Mareike lief hinunter in den Bunker, Cixi folgte ihr.

»Ich höre, bitte kommen!«, funkte Mareike, was sie gleichzeitig auch laut sagte. Auch die Antworten teilte sie Cixi mit: »Ich bin eine Frau, lebe irgendwo in Deutschland … Ihre Frequenz hatte mein Mann in seinem Buch … er starb an einem Herzinfarkt … meine Stadt ist tot … bleiben Sie gesund …« – dann Stille …

»Mehr kommt nicht«, sagte Mareike.

»Doch!«, antwortete Cixi, wieder auf dem Weg nach oben. »Was sie vermittelte, bedeutet vermodern, verrecken, verpönen allen Lebens.«

Verpönen gefiel Karl.

»Nach herrschender Sitte nicht zulässig«, fügte er Cixis Worten hinzu. Dann aber wurde er lauter und schimpfte: »Wer sich wider alle menschliche Vernunft und Würde hat schuldig gemacht, hat sein Leben lang zu büßen – Tag und Nacht.«

Xia war derweil mit ihrem Kindchen ans Bett von Eva gekommen.

Eva reagierte wieder und saß aufrecht im Bett. Sie sollte am Baby Gefallen finden, die Bewegungen der Fäustchen beobachten, seine ersten Laute vernehmen und so das Trauma vergessen.

Karl stimmte dem nur bedingt zu, er sagte: »Was du machst, Xia, ist gut, aber bitte nur nicht zu dicht heran. Wir wissen nicht, was sie an Staubpartikeln inhaliert haben mag. Wir wissen nur, dass ihre Haut, so weit messbar, keinerlei Strahlenbelastung aufweist.«

»Aber sie spricht noch nicht, guckt starr, ohne Emotionen wie eine

Kunststoffpuppe. Nur Tränen kullern ab und zu über ihre Wangen. – Jetzt will sie aus dem Bett: ›Pullern‹, sagt sie. Ja, Eva, pullern, schnell!«

Mareike sprang hinzu, nahm sie auf die Arme und brachte sie auf die Toilette. Es geschah, worauf alle gewartet hatten!

»Ein gutes Zeichen«, sagte Karl.

Auch stehen wollte sie, das Baby anfassen, auch ein bisschen die Lippen bewegen und mit dem Kopf nicken. Dann lehnte sie sich in ihrem Bett zurück und schlief ein.

»Ein gutes Zeichen«, wiederholte Karl. »Sie wird träumen, plötzlich konfus reagieren, wird aufwachen und schreien. – Dann müsst ihr da sein, ihr als gute Mütter. In einer von euch wird sie ihre Mutter finden. Sie wird sie mit ihren Augen fixieren, wird sie anfassen wollen, vielleicht auch etwas sagen. In mir wird sie ihren Vater finden, ich werde sie analysieren und wieder ins Leben zurückholen.«

Alles war gut gemeint, doch Cixi zog sich bald zurück. Für Minuten kamen Informationen aus dem Morgenlande und aus Rostock. Xias Mann meldete sich.

»Erkennt ihr meine Stimme?«, fragte er. Alle erkannten seine Stimme. Xia bekam natürlich den Vorzug, zu antworten: »Mein Wan, ich höre dich. Du hast einen Sohn, wir sind wohlauf. Wir leben mit Mutter bei Mareike und Karl, auf der Insel Rügen. Wie geht es dir?«

»Gut, sehr gut. Gib unserem Sohn meinen Namen. Der Krieg war typisch, die Nachwirkungen aber nicht. Bleibt bitte auf der Insel, ich melde mich bald wieder, bin glücklich. Küsse meinen Sohn und Mutter, ach, küsse alle.«

Was Xia, glücklich über ein Lebenszeichen, auch umgehend tat. Als sie Evas Wangen und die Stirn berührte, wachte diese auf und legte eine Hand an ihr Gesicht. Dann sollte ihr Sohn feierlich den Namen seines Vaters erhalten, jeder sollte ihm einen ausgefallenen Wunsch fürs Leben mit auf den Weg geben. Ihre Wünsche erheiterten, sie brachten eine lockere Stimmung ins Haus.

Dann kam überraschend ein erneuter Anruf. Karl drückte auf den Knopf und rief: »Bitte?«

»Ist bei Ihnen Cixi Tschun, geborene Mao? Sind Sie die Familie Mareike und Karl Marx?«

Für eine Weile stockte allen der Atem. Karl musste sich räuspern, sein Herz schlug gegen den Brustkorb, puterrot wurde er im Gesicht.

»Ja, das sind wir«, antwortete er leise.

»Darf ich bitte mit Frau Cixi Tschun sprechen?«

»Ist etwas passiert?« Karl ahnte Schlimmes.

»Sprechen Sie, ich höre …«, antwortete Cixi.

»Ihr Mann, Yän Tschun, hat den Krieg …«

»… nicht überlebt?«, unterbrach ihn Cixi.

»… nicht überlebt, Frau Tschun. Wir benützten Ihren Wald als Grabhain, er war ein guter Mensch.«

›Das wars; so ist der Krieg‹, dachte Karl. Alle wünschten nacheinander aufrichtiges Beileid.

›Das war's‹, dachte Karl. ›Eine längere Trauer im Hause dürfen wir nicht zulassen.‹ Dann wurde er erneut böse.

»Ihr Mörder!«, schimpfte er. »Für Millionen von Waisenkindern habt ihr nach dem Zweiten Weltkrieg gesorgt: in Vietnam, in Serbien, im Irak, in Pakistan und allen arabischen Ländern. Nach diesem Kriege werden sie euch jagen, einfangen, aber euch auch mit Nachdruck höflich bitten, durch eurer Hände Arbeit das Brot für alle Überlebenden zu verdienen.« Das war seine Psychologie.

Dann machte er sich auf, im Schutzanzug nach den Nachbarn im Dorf zu sehen. Rechts von ihnen wohnte ein hochbetagtes Ehepaar, seit ihrer Kindheit lebten sie hier im Dorf als ehrbare Fischer mit Hühnern, Enten, Gänsen und Tauben. Nun lagen die Tauben wie vom Himmel gefallen im Staub. Aber auch viel Staub in der offenen Wohnung – es machte ihm Angst.

›Nicht schon wieder!‹, dachte er. Sie waren weg, nirgendwo zu finden. In der Küche stand in einer geschlossenen Kanne das Brunnenwasser, im Schlafzimmer waren die klobigen, schweren, eichenen Betten gemacht, ein Engel in einem ovalen, vergoldeten Rahmen hing an der Stirnseite. Oben auf dem Boden nahm Karl die Maske ab, es roch nach Rauch, nach Geräuchertem. Sie hatten vorgesorgt: mit Spickbrust, mit Räucheraal und mit Schinken. Plötzlich ermahnte ihn eine innere Stimme: ‚Pass auf!‘ Er nahm sich einen aus Buchenholz, oben v-förmig geschnitzten Räucher-knüppel, um mit Bedacht und leisen Schrittes wieder herauszukommen. Plötzlich, auf halber Treppe, blieb er stehen; er hörte einen Westminster-Gong. Aber woher? Es gongte neben der Wohnküche, er erinnerte sich an einen filigranen Wandteppich neben dem Kochherd, ein Geflecht aus feinen goldenen und silbernen Fäden. Darauf war eine Fischersfrau in alter Tracht abgebildet, sie könnte ihm den Weg zum Westminster-Gong zeigen.

Und alles war so einfach … in ihrer guten Stube lag das Ehepaar – erschlagen!

›Es ist der kleine Krieg, der Nachkrieg‹, sagte sich Karl. Man hatte sie erschlagen, um sie ihrer Hühner, Enten und Gänse zu berauben. ›Ihr hättet teilen können, ihr Ganoven! Es waren gute Menschen‹, dachte er.

Am Nachmittag, als auch sie bestattet waren, fuhr Karl mit Mareike im Fischerboot ins Nachbardorf.

Mareike sollte überall messen. Es war kalt, der Winter war im Aufbruch. Harte Winter, wie sie oft die alten Fischersleute schilderten, gab es schon lange nicht mehr. Die Sonne schien und es herrschte absolute Windstille; all das gab ihnen das Gefühl der Einsamkeit.

›Die Ruhe vor dem Sturm. Der Sturm wird kommen, der Sturm nach etwas Essbarem, nach Hilfe‹, dachte Karl.

Der Ort war umgeben von einem Wäldchen, unter seinen Bäumen war Leben. Im Hafen angekommen, empfing sie ein Rügen-Soldat in weißer Uniform. Mareike warf ihm das Tauende zu, damit er es um die Poller zurrte. Dann reichte er beiden die Hand und half beim Übersteigen an Land.

»Herzlich willkommen, Mareike und Karl! Alles wohlauf?«, fragte er.

»Nicht wohl, aber auf, Leutnant, wir, die an ein Weiterleben glauben.

Wir haben die ersten Erhängten und nach Raub von Haustieren Getöteten.«

»Ängste und Kurzschlussreaktionen können wir nicht verhindern, Karl. Dem Raubmord aber gilt es sofort Einhalt zu gebieten. Ihr wisst, dass wir die Tötung nicht mit dem Tode bestrafen. Ihr wisst auch, dass wir keine Waffen tragen, in uns aber liegt eine große Kraft und Psychologie. Wer getötet hat, wird sein Leben lang arbeiten müssen, um das Geld den Angehörigen zu übergeben. Übrigens, wir haben für zwei bis drei Monate Depots für Lebensmittel, Medikamente und Hilfsmittel über die Insel verteilt angelegt. Und in zwei Tagen bekommen wir zusätzlich 300 gut ausgebildete Soldaten in Weiß dazu.«

»300 Soldaten, Leutnant, das beruhigt. Wir befürchten zunehmend Raub und Mord.«

»Aber nicht auf unserer Insel, Freunde! Ihr bekommt sogleich zur Rückfahrt eine Soldatin mit ins Boot. Ich möchte wissen, wer die ehrbaren Fischersleute umgebracht hat.«

Wenig später legten sie auch schon wieder ab. Leutnant Ernst hatte zuvor seine Soldatin mit einem Kuss auf die Stirn verabschiedet.

»Macht's gut!«, rief er ihnen hinterher und winkte. Die beiden Frauen fanden schnell zueinander. Das solarbetriebene Boot machte es ihnen möglich, sich in relativ ruhiger Atmosphäre zu unterhalten.

Bald stellte sich heraus, dass auch die Soldatin, Thea, aus dem gemeinsamen Waisenhaus kam. Sie habe Sprachen studiert, nebenbei alle Nahkampfsportarten erlernt und sei deswegen in den Dienst der weißen Rügen-Soldaten gekommen. Und dieser Dienst war auch schon kurz nach dem Festmachen des Bootes erforderlich. Vor dem Haus angekommen, meinte Karl, hier stimme etwas nicht!

Thea rückte sich die Uniform zurecht, ging voran und sah durch die geöffnete Luke zwei junge Männer in dem Bunker. Mareike ahnte Schlimmes, lief sofort ins Haus, um nach Cixi, Xia und den Kindern zu sehen. Alle Türen waren abgeschlossen und wurden ihr auch erst nach mehreren Anrufen geöffnet. Karl bewunderte Thea, als sie mutig in den Bunker hinabstieg. Vor ihr standen die beiden Burschen, 30 bis 35 Jahre alt, schätzte sie, etwas Brutales in ihren Gesichtsausdrücken.

»Wie ich sehe, habt ihr hier gestohlen!«, sagte sie und zeigte auf ihre Rucksäcke. »Legt eure Hände hinter den Kopf!«, rief sie.

Sie lachten frech und zogen die Messer.

»Ach, Messer ... gegen eine Soldatin?« In Sekundenschnelle löste sich unter ihrem rechten Jackenärmel erst einer, dann ein zweiter faustgroßer, aus Hartgummi bestehender Ball in ihre Hand. Sie warf, traf genau die Stirn des Rechten – der fiel um, sie warf den zweiten Ball – auch der Linke fiel um. Als sie beide wieder aufwachten, waren sie entwaffnet und gefügig.

»Und nun ausziehen, nackt. In der Kälte sucht doch jeder einen schnellen Weg nach Hause, oder? Also los! Euch folgt ab nun mein Gummiknüppel!« Beinahe durchs ganze Dorf hatte sie den beiden zu folgen, durch Schleichwege, an Hecken vorbei, immer auf und ab in gebeugter Haltung, frierend und zitternd. ›Wie klein sie doch werden können, diese …, ach, wir haben Krieg‹, dachte Thea. Ihre beiden Zuhause lagen nebeneinander, zusammen mussten sie gleich ins erste. Zufällig sprangen ihnen beide Elternpaare wutschnaufend entgegen. Thea hob ihren Gummiknüppel, unbemerkt entriegelte sie ihre Hartgummibälle.

»Ihre Söhne sind Mörder. Morgen früh komme ich sie abholen, haben Sie eine erleuchtende Nacht! Eine Flucht würde nur weniger Brot am Tage bedeuten, das gilt für alle. Dann bis morgen!«

Das Bild der weißen Soldatin mit den nackten Burschen blieb nicht unbemerkt, obwohl die Menschen sich ängstlich hinter ihren Gardinen versteckten. Noch in der Nacht sprach sich herum, was geschehen war.

Am nächsten Morgen, die ersten Sonnenstrahlen erhoben sich gerade über dem Wäldchen auf der Anhöhe, kamen viele Dorfbewohner an den kleinen Hafen. Thea, nunmehr als Soldatin geachtet und respektiert, wirkte überzeugend. In ihrem Boot saßen die beiden Burschen, niedergekauert über dem Kiel, ihr folgten beide Elternpaare in ihren Solarschiffen.

Der Leutnant begann sofort mit der Aussprache. Thea schilderte exakt das Vorgefallene und legte Beweise vor. Die Jungs zeigten sich geständig.

Nur die Eltern fanden, wie abgesprochen, einen ursächlichen Zusammenhang – im Krieg.

»Ach!«, sagte Leutnant Ernst. »Im Krieg! Nicht in der Gier und der Macht über andere? Eure Söhne sind Räuber und Mörder. Das Geraubte in euren Häusern hat einen Wert. Das Grab der ehrenwerten Fischersleute gehört der Mutter Erde und Muttererde bleibt unbezahlbar. Eure Söhne haben für den Totschlag zu büßen! Sie gehen noch heute in den Kibbuz, das erarbeitete Bußgeld erhalten die Hinterbliebenen der Getöteten. Natürlich könnt ihr sie nach zehnjähriger Arbeitszeit auch freikaufen. Bei guter Werterhaltung und Pflege von Haus und Hof dürfte das dann reichen.«

Im Kibbuz, das unter Leitung der Soldaten stand, weilten inzwischen 21 Verurteilte. Sie alle hatten alsbald Respekt vor den Nahkämpfern in Weiß, fanden so zur Gemeinsamkeit, zur Disziplin, zum Fleiß.

Im Dorf hatten sich die Ereignisse wie ein Lauffeuer herumgesprochen. Die Eltern der Mördersöhne erfuhren ewige Nichtachtung.

Die kleine Eva bekam unterdessen ihre sechste Sitzung bei Karl und Mareike, eine gute Kombination aus Theorie und Praxis. Heute, nach der wohl entscheidendsten Exploration, wagte sich Mareike mit dem Mädchen hinüber ins Dunkelste ihres Lebens. Sie nahm sie fest bei der Hand, näherte sich bei einem lockeren Wortspiel ihrer Eltern Haus, ließ sie die Tür öffnen, ließ sie durch die Küche in ihr Kinderzimmer gehen, ließ sie ihre Puppen und schließlich auch ihren großen Teddybären nehmen.

»Den Bär, Eva«, sagte Mareike, »bringen wir Mama und Papa ans Grab. Onkel Karl hat dir doch vom Grab erzählt?«

»Ja, es soll hinter unserem Teehäuschen liegen. Mutti und Papi haben sich, sie konnten den Krieg nicht ertragen, strangu …, na erdrosselt. Ich weiß auch, wo das war. Aber heute, sagte Onkel Karl, sollen wir noch nicht ins Wohnzimmer gehen, nur ans Grab.«

Mareike wunderte sich über ihr sicheres Auftreten. ›Gute Arbeit, Karl!‹, dachte sie. Doch wenige Meter vor dem Grab begann Eva bitterlich zu weinen. Sie verkroch sich hinter Mareikes Oberschenkel und wollte zurück.

»Ich möchte zu Xia und Wan«, sagte sie schluchzend. Aber dann, ehe sie ins Haus gingen, drehte sie sich doch noch einmal um, um aufs Grab zu sehen.

›Karl wird sich freuen‹, dachte Mareike. Der empfing gerade via Satellit ein erstes Gespräch über den Lautsprecher von Bernd und Lili aus Rostock.

»Wir sind physisch und psychisch am Ende, können nicht mehr arbeiten. Dürfen wir eine Woche zu euch kommen?«

»Kommt! Kommt, so schnell ihr könnt, die Insel erwartet euch«, antwortete Karl.

Gegen Abend waren sie bereits da. Sie kamen in einem gepanzerten, strahlensicheren Krankenwagen. Ein Rettungssanitäter, der ständig zwischen Rostock, Greifswald und Stralsund unterwegs war, brachte sie. Karl erkannte sie nicht wieder! Alt und grau waren sie geworden, ausgemergelt, entnervt. Sie suchten Karls und Mareikes Hand, erreichten mit deren Unterstützung den Bunker, unter günstigen Auspizien. Beide bekamen sofort Infusionen mit Eiweißen, Kohlenhydraten, Fetten und Mineralien, zwischendurch auch Sauerstoffduschen. Dabei wusch Mareike ihnen den Staub aus dem Gesicht, reinigte ihre Arme und Beine, cremte ihre Haut, gab ihren Augen Tropfen, gerade noch, denn schon holte beide die Müdigkeit in einen tiefen Schlaf. Die Nacht durch wachte Karl bei ihnen.

»Es waren schöne Stunden«, erzählte Karl am Morgen Mareike. »Ich war ein Wächter über Leben und Tod zweier Kollegen. Ein Waisenkind bei Waisenkindern.« Schon am Nachmittag saßen alle beisammen.

Sun Mao meldete sich aus einem Raumschiff über Amerika und von einem Flugzeugträger im Pazifischen Ozean Aljoscha und Irina Schewtschenko.

»Wir leben!« Alle begannen mit diesem Satz. Sun fügte hinzu, dass er vom Morgenlande bis zum Abendlande keine Schatten in den Großstädten gesehen habe, aber hälftig sei nur die Welt betroffen.

»Und wir werden ganz schnell wieder für ein Ganzes sorgen, wir aus dem Morgenlande. Hab ihr schon etwas von Ranga Tagore aus Indien gehört?«

»Ranga Tagore? Wir vermissen ihn. Voller Zuversicht aber haben sich aus Nicaragua unsere Mexikaner Dantos Rivera und seine Schwester Teresa mit ihren Familien gemeldet. Sollten wir weiterhin für Ruhe und Ordnung auf der Welt sorgen können, treffen wir uns zu Ostern auf unserer schönen Insel.«

Lili und Bernd brauchten nur drei Tage intensiver Erholung.

»Ohne euch hätten wir es nicht mehr geschafft«, sagten beide übereinstimmend.

»Weißt du, Brüderchen«, sagte Lili zu Karl, »es gab Minuten der Schwäche, in denen wir dalagen und phantasierten. Wir waren so weit, uns fallen zu lassen, wir konnten nicht mehr. Wir reichten uns die Hände, aber in unseren Händen spürte ich sicherlich etwas mehr an Druck als Bernd, denn seine Hand gab mir Impulse seines Herzens.

Dann phantasierten wir über unsere kindlichen Traumata, über unsere Jugendlieben im Waisenhaus und über die Erfolge in unserem Leben. Wir rafften uns immer wieder auf und dieses Mal reichte es zum rettenden Hilferuf. Wir danken euch.«

Mit diesem Dank begann im Hause so etwas wie Normalität einzuziehen. Die Frauen kümmerten sich um das Häusliche, verhätschelten Wan und Eva. Die Männer wagten sich ins Dorf und auf einen Weg zum Waisenhaus. Die Menschen am Bodden lebten auf, mit großer Freude begrüßten viele Karl und seinen Begleiter. Nachdenklich, schwankend, gingen sie den Weg zu ihrer berühmten Schule am Hang.

»Einige hundert traumatisierter Kinder aus aller Welt fanden hier ihren Weg ins Leben, Karl«, sagte Bernd.

»Ja, und tausende werden jetzt hinzukommen. Wir müssen neue Heime bauen«, antwortete Karl.

»Bauen lassen, Karl. Die, die dieses Mal zuerst auf den Knopf gedrückt haben, werden sie eigenhändig bauen. Per Knopfdruck werden sie jeden Morgen: und zwar in Kolonne, und zwar in gestreiften Anzügen, und zwar ihr Leben lang, arbeiten und arbeiten. Erinnerst du dich an die Nürnberger Prozesse? Lag nicht in der Arroganz der Verurteilten eine unglaubliche Verhöhnung der Opfer?«

»Ja, Bernd, ich erinnere mich. Ob deine Mutter und Lucas den Krieg überlebt haben? Wir hatten keine Verbindung mehr.«

»Gleich sind wir da, Karl. Es scheint niemand da zu sein.«

Sie rüttelten an der Eingangstür, klopften an die Kellerfenster, nichts rührte sich. Sie gingen um das Haus herum, erinnerten sich an die großen Scheiben bei Lucas, drückten sich daran ihre Nasen platt und da – in rustikalen Sesseln saßen sie, der alte Lucas und Bernds Mutter, Frau König. Welch eine Freude, denn beide waren schon im 90. Lebensjahr!

»Die Kinder leben alle auf dem Vorwerk, mit ihrem Vieh, in ihren Bunkern. Alle sind wohlauf«, wussten sie zu berichten. »Was auch immer geschah, war nicht Gottes Wille. Was nunmehr zu geschehen hat, soll in der Hand aller Waisenkinder auf dieser Welt liegen«, fügten sie hinzu.

»Ihr wisst, was geschehen ist?«, fragte Karl.

»Lange vor Weihnachten hörten wir von einem Krieg. Die Kinder wurden evakuiert, wir wollten nicht mehr mit. Wir suchten in diesen Tagen nach Bildern und Worten. Die Ruhe tat uns gut«, antwortete Lucas.

»Wißt ihr, Kriege machen nachdenklich. Wir dachten ständig an unsere vielen Kinder, denen wir ein gutes Zuhause geben konnten. Durch euch fanden wir zurück in ein glückliches Leben. Wie sagte doch unser Doktor:

»Kinder gestalten das Leben,
die Jugend die Liebe,
die Mütter den Weg,
die Männer haben nur Kriege geführt.««

»Darf ich euch einen Tee, einen getrockneten, selbst gepflückten aus unserem Garten anbieten?«, unterbrach Frau König. »Gute Idee, Silvia«, antwortete Karl.

Während ihrer gemeinsamen Zeit im Heim waren alle Frauen wie Mütter zu ihnen: die Köchin Manu, die Leiterin Thekla von Kulmbach, selbst die schon hochbetagte Frau Landauer vom Vorwerk und auch die Gräfin von Lenau aus dem Schloss Ranaga.

Noch lange saßen sie beim Tee. Der Blick auf die Ostsee, über die Uferböschungen hinweg, weckte ihre Erinnerungen. Vor vielen Jahren hatte Lucas sich diese schöne Wohnung mit Panoramablick in den Hang hinein an das Waisenhaus gebaut. Er war ein guter Freund des Heimleiters Wilfried von Kulmbach, beide hatten sich während eines Gerichtsverfahrens kennengelernt: Ein einstürzendes Turnhallendach tötete damals vier Kinder, es war das Dach des Architekten Lucas. Es war ein gutes Dach, ein absolut sicheres. Aber es fiel auf die Kinder, weil andere, die die Säulen bauten, pfuschten. Lucas musste dafür büßen, ging danach für drei Jahre in ein chinesisches Kloster.

Reich an Erfahrungen mit Tai-Chi und Qigong, mit Wissen über Konfuzius und Buddha, sah Wilfried in ihm einen guten Lehrmeister für die Waisenkinder.

Bernd König saß neben seiner Mutter, er hatte eine Hand auf ihren Unterarm gelegt.

»Wie grausam, mein Sohn, ist der Krieg? Ich frage dich das als Arzt.«

»Unmenschlich, Silvia. Gestatte mir, dass ich dir darauf keine Antworten geben muss. Bleibt ihr beiden weiter bei morgendlicher Meditation, dem Tai-Chi und Qigong. Wir möchten jetzt aber doch noch zu den Kindern aufs Vorwerk.«

Ein eisiger Wind fegte über die Hügel, die Kühe im Stall muhten, die Schweine quietschten, hier und da gackerten Hühner.

Dr. Fiedler junior empfing sie, nur kurz.

»Kommt bitte sofort in den Desinfektionsraum!«, sagte er. Er trug Seuchenschutzkleidung. Sein Gesicht hinter einer Plexiglasmaske verriet zwar den Sohn ihres unvergesslichen Heimarztes, der ihnen zu Ehren das Buch ›Licht über dem Waisenhaus‹ geschrieben hatte, aber in seinem Ausdruck waren qualvolle Spuren zu erkennen.

»Helft ihr mir? Dort hängt die Schutzkleidung, meine Kinder leben alle in Bunkern. Gegen einen der Hügel auf dem Vorwerk ist eine Drohne gestoßen. Sie hatte sich in den Erdwall gebohrt. Unter ihrem Bauch trug sie eine bakteriologische Waffe, deren Staub todbringende Viren enthielt.« Dr. Fiedler ging mit ihnen in den hochinfektiösen Bunker. Ihnen bot sich ein Bild zwischen Leben und Tod. Vier Kinder, 14 und 15 Jahre alt, augenscheinlich mit hämorrhagischen Symptomen und hohem Fieber, lagen an Infusionen. Eine ältere Schwester wachte über ihre jungen Herzen. Dr. Fiedler nannte sie Schwester Magdalena.

Er fragte sie höflich: »Darf ich dir meine Kollegen Karl und Bernd vorstellen? Würdest du uns einen kurzen Bericht geben?«

»Heute mit gutem Gefühl. Beide Mädchen sind wieder ansprechbar, die Jungs zeigen stabile Kreislaufverhältnisse. Ich glaube, wir sind über den Berg.«

Bernd ging etwas näher heran, schaute auf die Zusammensetzung der Infusionen und tastete vorsichtig mit dem Zeigefinger über die Hautblutungen.

»EX JUVANTIBUS?«, fragte Dr. Fiedler.

»Aus der Wirksamkeit der spezifischen – erlaube mir zu sagen, deiner spezifischen – Mittel im Tropf zu schließen, könnte es sich um ein Marburg-, ein Lassa-, ein Ebola- oder um ein Dengue-Virus handeln.«

»Danke, Bernd. EXTRA MUROS mehr.«

Außerhalb des Raumes berichtete Dr. Fiedler dann von seinen zwei gestorbenen Kindern: »Der Tod kam aus dem Nichts. Als der Schäfer die Drohne entdeckte, war es 24 Stunden zu spät. Er starb mit den Kindern, die ihn fanden. Dank eines guten Katastrophenschutzes durch unsere Rügen-Soldaten mit ihren Spezialabteilungen konnte der Herd schnell beseitigt werden.

Nur eines ist geblieben: die Angst. Gehen wir zu den Kindern im anderen Bunker? Sie erwarten euch bereits, findet ein paar gute Worte.«

Zum großen, wohnlich gestalteten Bunker gehörten noch vier, durch stählerne Sicherheitstüren getrennte Räume. Von hier aus hatten die Kinder über Schleusen Zugang in die Stallungen und nach draußen. Vier Wochen lebten sie schon so.

»Die zwei verstorbenen Kinder hatten Pech, als sie mit dem Schäfer in Kontakt kamen. Nein, anders gesagt, hätte es diesen Krieg nicht gegeben …, nein, noch anders gesagt, hätte es die Drohnen nicht gegeben …, nein, noch ganz anders gesagt, hätte es dieses perfide, vom Menschen produzierte Virus nicht gegeben, wären die schon als Waisen gestraften Kinder nicht gestorben!«

So waren die Worte eines Arztes!

Die Kinder saßen mit ihren Lehrern verteilt an runden Tischen, auf denen bunte Kerzen brannten. Karl und Bernd gingen von Tisch zu Tisch, um jedem die Hand zu reichen. Dann sagte Bernd:

»Wir waren die ersten Kinder, die im Waisenhaus am Hang wieder eine Mutter und einen Vater gefunden hatten. Dr. Fiedler, dessen Vater uns betreute, hat uns gebeten, ein paar Worte zu finden. Gute Worte hörten wir damals hier, sie wirkten auf eine reiche Bedeutungsentwicklung. In spezifischer Anwendung auf Personen, also auf euch Schüler und Lehrer bezogen, bedeutet ›gut‹ edel, angesehen, ehrlich, tüchtig. Und – in allgemeiner ethischer Verwendung steht ›gut‹ für rechtschaffen, tugendhaft und anständig. Die Worte ›gut‹ und ›edel‹ stehen über dem Eingang zum Waisenhaus am Hang. Sie prägten Generationen von Waisenkindern aus aller Welt. Wir wissen nicht, wie viele von ihnen noch leben. Die Überlebenden aber, das wissen wir, werden diese Welt – nennen wir sie Welt – verändern. Wir werden ein neues Jahr schreiben, das Jahr des Menschen.«

Schüler und Lehrer trommelten mit den Fäusten auf die Tische. Plötzlich brannte für Sekunden das Licht in ihrem Bunker und über den Rundfunk kamen die ersten Laute halbwegs durch. Alle durften hinaus ins Freie laufen.

Christin von Kulmbach, die Tochter der Gründerfamilie des Heimes, war noch immer fassungslos, sie blieb bei den Ärzten.

»Ich kann das alles noch nicht begreifen«, sagte sie. »Als ich nach meinem Studium das Heim von meinen Eltern übernommen hatte, erlebte ich eine neue Art der Menschwerdung. Durch den Raum der Sinne, Ihres Vaters Raum, Dr. Fiedler, wandelten sich alle Kinder sehr schnell zu gleichen Größen.«

»Zum ausgeglichenen Wuchs und gleicher Intelligenz«, ergänzte Karl.

»Ja«, fuhr Christin fort. »Gaben wir nicht den Beweis eines friedlichen Zusammenlebens an unserer Schule?«

»Christin«, antwortete Bernd, »keines unserer Waisenkinder wollte diesen Krieg. Aber eines wussten sie, dass es eine letzte Schlacht geben müsse. Das Gleichgewicht zwischen Himmel und Erde war zerstört worden, das Wort galt nichts mehr, die Tugend nichts und nichts war mehr unmöglich. Aber das Morgenland hat sich seine Weisheiten bewahrt.«

»Das Morgenland, sagst du. Na ja, was wissen wir zurzeit überhaupt? Du und deine Frau überlebten eine tote Stadt namens Rostock, andere sicherlich mit euch. Der Fahrer fuhr euch, dem Tode nahe, an Schuttbergen vorbei. Keinem Menschen seid ihr begegnet in der Nacht, keinem Tier. Die Nacht war dunkel und gruselig.

In anderen Kriegen krabbelte noch das Gewürm umher, Ratten und Mäuse suchten nach Essbarem, es roch nach Verbranntem. Nur wenige waren tot.«

»Nur wenige, sagst du, Christin«, antwortete Bernd mit einem Unterton. »Aber dieses Mal sind auch die anderen dabei. Dieser Krieg ist ein Spiel mit den gespeicherten Hirnen geworden. Wir überleben, so denke ich, auf einem winzigen Zipfel einer halben Welt.«

»So, denkst du wirklich, Bernd? Weil unsere Insel nicht gespeichert war?«

»Christin!«, sagte Bernd nun resolut. »Das Teufelszeug an Waffen aller Art bedurfte doch nur eines Knopfdruckes in heimischen Gefilden, um weltweit Blumen vernichten zu können. Und die Knopfdrücker brauchten nur ihren Daumen.«

»Knopfdrücker, sagst du?«

»Ja, und die, die die Hirne haben speichern lassen, werden nun unter der Sonne des Morgenlandes verbrennen. Sie hatten ein leichtes Spiel: Sie saßen in ihren unterirdischen Schaltzentralen und ließen weltweit fliegen, was hirngespeichert war. In den Anfängen der menschlichen Gesellschaft, bei den Horden mit ihren Anführern kämpfte noch Mann gegen Mann! Die des Abendlandes, mit den vererbten Genen der Hordenführer, saßen feige bei Kaviar und Whisky an ihren Bildschirmen, um weiterhin zu sein.«

»Zu sein, Bernd? Mörder von Milliarden von Menschen? Ich hoffe, dass das Morgenland denen endlich das Erbgut für immer nehmen wird! Es ist die letzte Chance, mit dem und von dem zu leben, was wir haben.«

Teil VI

Nach Tagen gab es ein zögerliches Beleben.

»Stimmen? Stimmen aus dem All, Mareike!«, rief Karl, als er an seinem Radio drehte.

»Stimmen oder Worte oder Sätze?«, fragte sie. »Ich werde unsere Schirme neu ausrichten, warte. Was auf ewig ausgerichtet war, brachte kein Geld mehr. Das Morgenland, denke ich, hat neue, bessere in den Himmel geschossen. Warte.«

Mareike ging zu ihren Geräten auf dem Dachboden, peilte mit ihnen nach schwebenden Objekten, veränderte die Frequenzen und dieses und jenes und rief: »Huhu!« Sie rief so laut, dass Karl, plötzlich euphorisch, vor dem Bildschirm erstarrte; eine Aufeinanderfolge von Bildern rüttelte an seiner Psyche. Er blieb geschockt. Nach einer Weile, als Mareike zu ihm kam, riefen sie Dr. Fiedler an.

»Ich habe gerade auf anderen Frequenzen fremde Töne und Bilder ins Haus bekommen. Grausam, der halbe Erdball ist zerstört«, sagte Karl beim Anruf. »Deswegen, Fiedl«, er nannte den Doktor so wegen seines kleinen zierlichen Körpers, »muss ich sofort mit dir reden.«

»Dann komm!« Sofort fuhren sie zu ihm, Mareike wollte unbedingt mit. Blass standen sie sich gegenüber. Solche Art Blässe kannten sie von sich nur, wenn sie glaubten, einen Fehler in ihrem Beruf gemacht zu haben.

»HOMO HOMINI LUPUS!«, rief ihnen der Doktor bei u-förmig erhobenen Armen entgegen.

»Wie wahr, Dr. Fiedler!«, antwortete erregt Mareike. »Der Mensch ist seinen Mitmenschen ein Wolf, sagte schon Titus Maccius Plautus, ein Lustspieldichter hundert Jahre vor Christus.«

»Und meinte den HOMO SAPIENS, den vernunftbegabten Menschen«, fügte Karl hinzu. »Und, was zeigen uns die Bilder?«

»Darüber müssen wir unbedingt miteinander reden«, antwortete Dr. Fiedler. »Wir sollten nur zweimal am Tage, jeder für sich allein in seiner Stube, der Welt für ein paar Minuten Auge und Ohr schenken. Was wir gedenken weiterzuerzählen, sollten wir unseren ärztlichen Erfahrungen entnehmen.«

Und schnell waren sie sich einig, sie wollten weder Panik noch Trauer.

So sorgte Karl in seinem Hause für Demutssinn, während Dr. Fiedler seine Lehrer und Kinder auf ein Leben mit neuen Werten im Waisenhaus vorbereitete.

Sie lebten immer noch auf dem Vorwerk, als sich dem Kliff der Insel ein Ruderboot näherte. Pieter Normen, eines der Waisenkinder, stand gerade trauernd am Grabe seiner Schwester, schaute über den Weidehügel zum Wasser und lief dem Ruderer entgegen. Unbemerkt erreichte er die Böschung, durchquerte sie und tippelte über die Steine. Der Fremde warf ihm das Seil zu, ein geteertes Seil, es klebte in seinen Händen. Sie fanden Halt. Der Fremde sagte kein Wort, kein Danke an Pieter gerichtet, nicht einmal eine Erwiderung auf sein »Guten Tag«. Aber schweigend ging er mit aufs Gehöft. Pieter sprach mit ihm, zeigte ihm den Kuhstall, die Schafherde und schließlich auch das Grab seiner Schwester. Saskia Normen war das erste Opfer der bakteriologischen Waffe gewesen. »Hier liegt meine Schwester«, sagte er zu dem Fremden. Er schaute ihn an, sah sein unrasiertes Gesicht, seine eingefallenen Wangen, seine tief in den Höhlen liegenden, dunklen Augen und weinte. Der Fremde nahm seine Pudelmütze vom Kopf, faltete seine Hände und sank vor dem Grab auf die Knie.

»Deine Schwester«, sagte er mit schwacher Stimme. Erst Christin, die alles beobachtet hatte und herbeigelaufen kam, griff ihm unter die Arme und half ihm ins Haus. Und nach Stunden der Erholung bei Brot, Suppe und reichlich Getränken fand er seine Sprache wieder. So wurde er Nachfolger des verstorbenen Schäfers.

Eine schnelle Entscheidung von Christin. ›Aber der Hof auf dem Vorwerk mit seinen vielen Haustieren, dem guten Ackerland, vom Wasser umgeben, seinen Weiden mit Bächen zwischen den Hügeln und Tälern, muss alles kompensieren, was der Krieg zerstört hat‹, dachte sie. Sie hatten Kartoffeln, Milch, Eier, Mehl und reichlich Obst und Gemüse. Mit dieser dankbaren Vorstellung zog sie mit ihrem Kollegium und den Kindern zurück ins Waisenhaus am Hang. Es galt, ihnen das Kriegstrauma zu nehmen. Sie sollten wieder lernen, musizieren und Sport treiben. Über den Tod ihrer Geschwister sprach Dr. Fiedler mit allen noch lange an deren Gräbern. Sie legten einen Buchenhain an, in dessen Mittelpunkt aus einer Quelle das Wasser ewig sprudeln sollte.

Pieter Normen fuhr täglich mit dem Fahrrad an das Grab seiner Schwester. Jeden Tag musste er das Rauschen der Quelle hören und dem Schäfer Guten Tag sagen. Sie wurden Freunde. Vielleicht auch mehr, vielleicht auch Vater und Sohn, auch wenn es nur einen Altersunterschied von zwölf Jahren gab.

Und bald musizierten Vater und Sohn miteinander.

Eines Tages spielte Pieter auf dem Spinett der Frau Landauer, das auf dem Vorwerk stand. Der Schäfer traute seinen Ohren nicht, er lief aus dem Schafstall, rannte über den Hof und stand plötzlich im Zimmer hinter dem Spinett.

»Ich spiele seit meinem vierten Lebensjahr Klavier«, sagte Pieter. »Aber manchmal auch, wenn meine Schwester mehr Zeit zum Lernen brauchte, spielte ich hier auf dem Spinett.«

»Ich bin begeistert, Pieter. Du spielst gut, sehr gut.«

»Sehr gut, sagst du. Spielst du auch ein Instrument …?« Der Schäfer ließ ihn nicht weiterreden.

»Ich war Musiker, Orchestermusiker. Wir spielten in Petersburg, als die ersten Raketen in die Stadt sausten. Eine der vielen, die hin und her flogen, zerfetzte unser Schiff. Ob ich Glück hatte, weiß ich noch nicht. Mit mir ging in Sekundenschnelle der Traum meines Lebens im Schrei des Meeres unter …«

Mehr wollte Pieter zunächst über sein Schicksal nicht hören. Er verwies auf das Bild über dem Spinett.

»Es zeigt Frau Landauer. Hier war sie schon eine Pfarrwitwe mit dem streng anliegenden, zum Mittelscheitel gekämmten schwarzen Haar, der weißen Bluse, dem langen, schwarzen Glockenrock und den knöchelhohen Schuhen. Nach dem Zweiten Weltkrieg hat sie dieses schöne, wertvolle Instrument aus dem Schloss Ranaga, du wirst es ja noch kennenlernen, gerettet. Und nach der Wiedervereinigung Deutschlands, als Spekulanten auch das Vorwerk kaufen wollten, nahm sie es in ihren Besitz. Heute gehört es uns, unserem Waisenhaus hat sie es vererbt. Hier hat sie gewohnt. Komm bitte mit, ich zeige dir ihr Sterbebett.«

Es stand gleich nebenan. Der Überlieferung des alten Dr. Fiedler gemäß begann Pieter Frau Landauer zu charakterisieren: Sie sei jeden Morgen, auch noch im hohen Alter von über 90 Jahren, mit dem ersten Hahnenschrei aufgestanden.

Dann sei sie barfüßig über die Dielen getrippelt, habe das Rollo heraufgezogen und einen Fensterflügel geöffnet, um frische Luft einzuatmen. Dabei habe sie, wie schon seit ihrer Kindheit, immer ein Gedicht aufgesagt. Aber als ihr Geist eines Morgens an einer Strophe eines ihrer liebsten Gedichte, ›Großer Sonnengesang‹ von Echnaton, wohl tausend Male aufgesagt, versagte, habe sie sterben wollen.

»Wenn es dir unter uns gefallen sollte, lies bitte das Buch ›Licht über dem Waisenhaus‹. Und sollte dir die Insel ein neues Zuhause geben, so lies auch ›Zwei große Visionäre und ihre Insel Rügen‹. Sie hatten die Idee, aus diesem Ländchen ein Eldorado mit großen Werten zu machen. Dem Völkchen eigen ist ein besonderes Verhältnis zur Natur. Sie beschützen sie durch einen Ring von leichten Brücken um ihr Eiland, die in Pylonen mit Windrädern hängen. Wind- und Sonnenenergie geben den Orten reichlich Energie und betreiben Autos und Boote. Bunte Alleen säumen Straßen und Wege. Jeder Insulaner bekommt ein Grundgehalt, ein Zubrot steht jedem frei. Alle gehen wieder sonntags in die Kirchen. Die sind reformiert worden, mit Jesus Christus von Nazareth als Erdenmenschen, und frei für alle Religionen. Sonntags gibt es Wein und Brot in geselliger

Runde an runden Tischen mit kultureller Umrahmung. Das Orgelspiel gehört immer dazu. Alle Kirchen sind beheizt, ihre Fenster gestatten reichlich Sonnenlicht. Wir haben Rügen-Soldaten in weißer Uniform, die uns beschützen. Sie tragen keine Waffen. Alle haben das hiesige Gymnasium besucht und eine sehenswerte Nahkampftechnik erlernt. Du hattest Glück, auf dieser Insel gelandet zu sein, werde unser Freund!«

Pieter schaute auf die Uhr, nun hatte er sich verspätet.

»Au! Christin wird mich, in ihrer typischen Augenschärfe, ermahnen. Das tut weh!«, rief er. Per Handschlag verabschiedete er sich vom Schäfer, schwang sich aufs Fahrrad und raste davon.

Am Hang angekommen, sahen ihn die Schüler und Lehrer vom Klassenzimmer aus. Sie kreischten ob seiner hohen Geschwindigkeit und plötzlich stand er auch schon im Klassenraum, ganz außer Puste.

»Ent…, entschuldi…«, die Worte kamen nicht, aber: »Der Schäfer ist ein großer Musiker!«, rief er in den Raum. Sein Ruf änderte Christins Gedanken zur Nachkriegszeit. Sie ließ ihn erzählen und er redete und redete …

So standen seine Gedanken gegen die von Christins es waren jugendliche:

»Der neue Schäfer ist ein studierter Musiker, ein Orchestermusiker, was unser verstorbener Schäfer nicht war. Er wird für unsere Schule noch besser geeignet sein und auch vielleicht an der Akademie in Putbus. Ich glaube, wir können einen großen Chor gründen. Denn Karl und Bernd haben doch gesagt, dass noch viele Waisenkinder auf unsere Insel kommen würden.«

Seine Worte wirkten nachdenklich, die Schüler und Lehrer schwiegen eine Weile. ›Er spricht vom Aufbruch, neuen Freunden, er will vergessen. Seine Schwester in ihm ist tot‹, dachte Christin.

»Schade, Pieter Normen, dass du zu spät gekommen bist«, antwortete Christin. »Aber die Musik wird uns helfen, auch der neue Schäfer und ganz bestimmt die vielen neuen Waisenkinder.« Sie fügte hinzu: »Dieser Krieg, meine Lieben, wird evolutionäre Spuren hinterlassen. Er wird die Gene und damit das menschliche Hirn irreversibel verändern.«

Karl, der gerade hinzukam, wusste über den Krieg und die Waisenkinder mehr zu berichten, er sagte:

»Die Stunde der Wahrheit ist noch keine Stunde für jedermanns Ohr. Ich habe Telefonate aus vielen Ländern empfangen. Freunde riefen mich an, Freunde mehrerer Generationen des Waisenhauses. Sie wollten eine andere Stimme hören, zu jedem, was sie sagten, andere Worte. Für unsere Kinder werden wir alles tun, das habe ich jedem zugesagt. Es seien Waisen einer Hälfte des Morgenlandes und Gerettete von nirgendwo. Denn viele Namen von Ländern und Ortschaften gebe es nicht mehr, aber ihre Kinder sollen sie irgendwann wiederfinden. Dieser Krieg war eine Herostratentat; sie erinnert uns an den Griechen Herostratos, der in Ephesos den Artemistempel in Brand steckte, um berühmt zu werden. Es waren Verbrecher aus Ruhmessucht.«

Karl neigte dazu, Anregungen zum Unterricht zu geben, danach verschwand er auch schon wieder.

Sein Haus, Hof und Bunker standen im Mittelpunkt einer halben Welt. Alle Empfangs- und Sendestationen auf der Insel waren gut ausgerichtet und funktionierten wieder. Cixi, Xia und Mareike empfingen stündlich Informationen aus dem Morgenlande, sie registrierten, kopierten.

Sie schwächelten auch bisweilen, stützten sich dann aber gegenseitig, fanden wieder zu Kräften, aber das Weinen, das Weinen …

Nur wenn Eva, zu Karls Liebling geworden, reagierte, weinten sie nicht.

Die Sonne brachte täglich mehr Licht und Wärme in die Stuben, sie belebte. Der Mond zeigte nachts dem Rot- und Schwarzwild die Pfade, Fuchs, Marder und Dachs strolchten wieder umher. Der Winter war zwar der grauenvollste Winter aller Zeiten, aber auch die aufgehende Sonne des Morgenlandes kam ihm zu Hilfe, mit ihrer Wärme, mit den Weisheiten der alten Chinesen und der russischen Seele.

Karl wurde zum Kaffee gerufen.

»Du kannst nicht nur unterwegs sein«, beschwerte sich Mareike. »Xia muss dich was fragen, Wan hat Husten. Eva möchte dir ihre gemalten Bilder zeigen und Cixi und ich haben Fragen. Auf das Geschehene des heutigen Tages finden wir keine Antworten.«

Wans Lunge erbrachte keine Geräusche im Stethoskop und keine Dämpfung bei der Perkussion. »Nimm weiter so die Tropfen«, sagte Karl zu Xia.

Evas Bilder stimmten ihn nachdenklich: »Sag mir, was du gemalt hast.« »Na …«, Eva reagierte verlegen. »Das siehst du doch«, antwortete sie. »Oder habe ich nicht die richtigen Farben genommen?«

»Doch, doch«, antwortete Karl, mehr nicht, denn Eva sollte es sagen. Und dann freute sich Karl darüber, wie sie es sagte: »Es sind also die richtigen Farben, der Hügel ist da und Mutti und Papi muss man ja nicht sehen.«

Sie umarmte ihn, Karl küsste sie auf die Wange und drückte sie fest an sich. Sie hatte es geschafft, mit dem Tod umzugehen, seine Psychotherapie war von Erfolg gekrönt worden!

Eine Weile durfte sie mit am Kaffeetisch sitzen.

Danach zeigten Cixi und Mareike Karl Kopien von Bildern. Xia zog sich zurück, Eva spielte mit Wan.

Karl warf einen Blick aufs erste Bild – er sah Berge von Schutt und Asche. Er legte es beiseite, nahm das nächste Bild, sah wieder nur Berge von Schutt und Asche, das dritte drehte er unbesehen um.

»Wo liegen die Städte?«, fragte er.

»Es sind insgesamt sechs Bilder, Karl«, sagte Mareike. »Drei aus dem Morgen- und drei aus dem Abendlande. Das Werk der Menschen hat die Werke der Menschheit zerstört. Es gibt keine Sieger, aber die Verlierer haben endgültig verloren! Lies, was Xias Mann, der General Ming, und Aljoscha Schewtschenko geschrieben haben.«

»Unser Schewtschenko, der Lew Tolstoi vom Waisenhaus?«

»Sie sind zwei große Freunde geworden«, sagte Xia, als sie hinzukam. »Mein Mann verehrte unseren weisen Chinesen Konfuzius und Aljoscha verehrte Lew Tolstoi. Ihre Werke inspirierten sie im gemeinsamen Kampf um eine andere, eine menschlichere Gesellschaft. Sie setzten auf Raumschiffe und Raumstationen. ›Der Mensch wollte die Erde nicht mehr, nur noch den Himmel‹, sagten sie. Aber er sei es, der das Gleichgewicht zwischen sich und der Erde wiederherstellen kann.«

Karl las, was beide Freunde geschrieben hatten:

»Das Abendland war nie der Stolz einer menschlichen Gesellschaft, aber das Morgenland wird es sein. Wir waren lange unsichtbar, auch dann noch, als schon zwei Milliarden Menschen in unseren Ländern gestorben waren. 300 Kinder, deren Schreie in nur einer Nacht verstummten, gaben uns den Befehl. Wir gaben ihn an unsere Raumschiffe weiter. Aus dem Hinterhalt fallen noch hier und dort Bomben aller Art auf unser Land, aber bald ist Ruhe. Dann kommen wir auf Eure Insel. Wir haben Sehnsucht nach dem Waisenhaus und seiner Seele, nach dem Vorwerk von Frau Landauer und den Hügeln mit der aufgehenden Sonne. Wir denken, zu Ostern.«

Xia weinte vor Freude, Cixi in Trauer um ihren getöteten Mann.

Wieder kamen Hiobsbotschaften über die Bildschirme.

»Nein, ihr Völker der Welt, wartet, lebt in Demut, steht auf!«, rief Karl und schaltete ab, was abzuschalten war.

Wieder sah er blass aus und wirkte nachdenklich.

»Möchtest du einen Kaffee?«, fragte Xia.

»Ja, aber einen starken, bitte.«

»Haben Bernd und Lili angerufen?«, fragte er plötzlich unverhofft.

»Nein. Warum fragst du?«, wollte Mareike wissen.

»Nach dem, was wir gesehen haben, dürften die Ärzte das nicht mehr schaffen. Der Tod ist stärker als ihrer aller Kraft auf der Welt.«

»Möchtest du gerne helfen? Möchtest du etwa die Insel verlassen?«, fragte ängstlich Xia.

»Möchte ich, Xia. Aber die dort täglich noch sterben werden, kann auch kein Arzt mehr retten. Sie haben alles an Waffen eingesetzt, was unendlich gehortet wurde. Sie haben alles auf eine Karte gesetzt. Sie haben verrücktgespielt. Ich bleibe bei Hippokrates und hier auf dieser Insel. Ich bleibe bei jenen Menschen, die der Welt gezeigt haben, was Kultur bedeutet.«

Mareike, Cixi und Xia atmeten erleichtert auf. ›Hätte Karl die Insel verlassen, wäre an ein Ostertreffen doch gar nicht mehr zu denken‹, dachte Xia. Sie aber wollte es. Geschickt stellte sie ihre Frage: »General Ming, also mein Mann, und General Schewtschenko, habe ich das richtig verstanden …?« Xia machte eine längere Pause.

Karl spürte ihren Kloß im Hals und zitierte aus dem Schreiben: » … wir denken, zu Ostern …« Er fuhr fort:

»Ja, das können und müssen sie. Heutzutage können sie von jedem sicheren Fleckchen der Welt die Geschicke ihres Landes leiten. Auf unserer Insel werden sie neue Kraft schöpfen.«

Bis Ostern waren es nur noch vier Wochen.

Teil VII

Wir leben auf Ostern zu. Wir können es. Wir wollen es. Wir wollen nichts mehr als unsere heile, naturbelassene Insel mit ihrem typischen Schlag von Menschen, mit dem, was sie zu retten vermochten: die Weisheiten ihrer Ahnen. Mit dem, was sie aus den Drohgebärden der tobenden Seen errieten. Mit ihren Flüchen über die Mühsal des Ackerbaus und der Viehzucht; sie starben dahin und heraus aus ihren Denkmälern der Natur. Jener Natur, die unser aller Herz und Hirn war. Die uns beim Erwachen umgab und zum Schlafengehen umschlang. In einer durch des Menschen aberwitzige Gier erodierten Welt. Das Schauspiel ist aus, Mutter Natur! Es war ein leichtes Spiel auf nur noch zwei Bühnen des Erdballs: auf einer des Morgenlandes, auf einer anderen des Abendlandes. Über der ersteren Bühne, Mutter Natur, erkennst du

> das Licht am Horizont,
> sei gnädig zu der anderen.
> Trage deinen Samen hinüber,
> gebe ihnen deine Gene.

Kommt, ihr Waisenkinder, mit euren Vätern und Müttern: den Schewtschenkos aus Russland, den Maos aus China, den Tagores aus Indien, den Riveras aus Mexiko! Kommt, ihr Königs und Marxens aus Deutschland!
Kommt zur großen Trauer, kommt zum großen Insel-Heil.
Kommt zum Tag des Menschen!

Cixi und Xia vermittelten via Raumsonden zwischen China, Russland, Indien und Nicaragua.

Mareike und Karl schliefen nur noch vier Stunden in der Nacht, manchmal vor Ermüdung irgendwo auf der Insel. Flüchtlinge kamen übers Wasser und über die einzige Brücke. Nur Frauen und Kinder, aber alle Waisen fanden in den ersten drei Tagen und Nächten eine Bleibe. Schnell waren alle Räumlichkeiten belegt. Die Rügen-Soldaten schufen sich ein Heer von Helfern. Karl war der Herr über Krankheiten aller Art und Mareike sorgte für ein eigenständiges Strom- und Kommunikationsnetz auf der Insel.

Um das Schloss Ranaga herum gab es Unterkünfte für alle Waisenkinder. Gräfin Svenja von Lenau erwarb sich die Güte einer lieben Mutter.

»Ich wünschte mir zwei Kinder«, sagte sie zu Karl, als er gleich von fünfhundert sprach.

»Jetzt wirst du«, antwortete Karl mit einem Augenzwinkern, »weil Kinder deine Psyche verändern, weil Kinder zu Kindern wollen, erst ein, dann zwei oder auch gleich Zwillinge bekommen.«

Zunächst wirkte sie verlegen, als aber ihre Augen strahlten, dachte Karl an ein hoffnungsvolles Erwarten.

»Erinnere dich an Thekla von Kulmbach, die unglücklich über ihr Leben als Diplomatin war, aber ihren Wilfried liebte wie du deinen Maler. Und erst als sie das erste Waisenhaus gründeten und all die Kinder liebgewannen, bekamen sie Christin. Und außerdem, Gräfin, es würde in eine neue, bessere Welt geboren werden.«

»Keine bessere Welt, nur eine andere, endlich eine mit anderen Wurzeln. Ich freue mich auf Ostern – mögen aus den rohen Eiern intelligente Hühner schlüpfen. Danke für dein Kommen, Karl. Komm bald wieder.«

Bald fuhren auch Mareike und er wie viele andere auch von Ort zu Ort, dank der Elektroautos, der Wind- und Sonnenenergie. Mareike suchte nach Strahlenwerten in Gärten, auf Feldern, Wiesen und Seen, Karl machte den Menschen Mut.

»Beackert alsbald jeden Winkel Boden, behütet Haus und Hof und Vieh, vermehrt, was sich vermehren lässt, der Hunger wird uns quälen!«, rief er ihnen zu.

»Der Hunger, Mareike, du hast gerade bei Kujats auf dem Schirm gesehen, was alles vernichtet wurde. Um das Große müssen wir nicht traurig sein, eher um das Kleine, das Bisschen, um die verstrahlten Krumen. Hast du gesehen, wie die Atomkraftwerke in die Luft geflogen sind, wie Neutronenbomben Millionen von Menschen dahinrafften, wie Napalm die schönen Wälder entblätterte? Wie im Nu die Werke des Menschen verschwanden? Und hast du gesehen, was die, die in ihren Bunkern Krieg an den Bildschirmen spielten, tranken und aßen?«

Karl hatte von Mareike erwartet, dass sie mit ›Ja, habe ich‹ oder ›Natürlich‹ antworten würde. Aber Mareike sagte etwas anderes:

»Nein, Karl, nein – habe ich nicht. Weil es mir unvorstellbar erschien, verstehst du, weil … mit dem menschlichen Verstand … weil im Mut zum Töten das geistige Niveau eines Hordenführers der Urzeit liegt, weil … meine Gedanken nur noch bei Aristoteles und seinem Lehrer Platon in Syrakus sind, weil … es so kommen musste und weil … ich in dem Überleben der menschlichen Gattung eine menschlichere Spezies erkennen kann.«

Die vorösterlichen Abende, schon mehr vom Tage, bei klarem Sternenhimmel und wandelndem Monde über dem Bodden, gehörten der Familie. Cixi gewöhnte alle an ein chinesisches Abendbrot. Eva fühlte sich mehr zum kleinen Wan und Xia hingezogen. Karl hatte noch keine Chance, obwohl er ihr jeden Abend etwas mitbrachte: Mal war es ein Seeigel aus dem Kreidebruch, ein anderes Mal der Spross eines Bäumchens für den Wintergarten, dann wiederum Pflanzen und Steine aller Art. Aber als sie beide gemeinsam, Mareike und Karl, die Grundlagen für ein Aquarium und ein Herbarium schufen, wurde Eva zum Liebling aller. Nur den Reis, den Cixi allabendlich zubereitete, mochte sie kaum, dafür aber, wie alle Kinder, Nudeln. Jeden Abend während des Essens gab es allgemeine Fragen zur Ernährung.

»Ich bewundere euch, Mareike und Karl, ob eurer Vorsorge«, sagte Cixi des Öfteren. »Ihr habt im gekühlten Lagerraum des Bunkers für alles gesorgt. Es reicht bis zur neuen Ernte, wenn es eine geben sollte.«

»Sie wird es geben«, antwortete Mareike. »Zumindest auf unserer Insel. Dennoch müssen wir uns Sorgen machen um die vielen Waisenkinder und Flüchtlinge«, fügte sie gleich hinzu.

»Oh nein«, entgegnete Xia, »Wan sagte mir heute am Bildschirm – wir saßen uns hautnah gegenüber und ich sah wieder sein Grübchen, ich küsste es –, er sagte: ›Alsbald werden wir die Insel mit allem versorgen.‹ Morgen wird er sich aus Nordamerika, dann aus England, Frankreich und Australien melden.

Seine Raumschiffstaffel fliege um den ganzen Erdball und es sei ein erhabenes Gefühl, nicht mehr bedroht zu werden.

Der Friede sei himmlisch, der Friede sei mit uns. Dann sagte er noch, dass ich euch alle grüßen soll und dass ich unseren Sohn küssen soll … Und sie, er meinte Aljoscha Schwetschenko, Ranga Tagore und Dantos Rivera, hätten den ehrenvollen Auftrag, alle Waffen vernichten zu lassen. Erst danach wolle er wieder malen.«

»Und zu Ostern, sagte er nichts zu Ostern?«, wollte Mareike wissen. »Wir haben nur noch eine Woche!«, fügte sie erregt hinzu. Karl sah nachdenklich in ihre Augen. Ihre Blicke kreuzten sich für einige Sekunden, als wollte einer den anderen zu einer Antwort herausfordern. Karl wirkte verunsichert.

»Ich glaube zu wissen, was du denkst. Es sind Gedanken, die du heute nicht aussprechen solltest.«

Sogleich reagierte Cixi in ihrer Art der Analytikerin: »Trotzdem sind deine Gedanken, Mareike, verständlich. Aber Ostern muss gefeiert werden! Wenn nicht mit ihnen, dann ohne sie. Obwohl ich glaube, dass sie kommen werden. Wir haben den Ort der aufgehenden Sonne, den Osten mit seiner Morgenröte zu feiern, auch als Symbol des wiederkehrenden Jesus Christus als Prediger für das Gute und Heiler der Menschen.«

»Mama hat Recht«, ergänzte Xia. »Wan hat doch gesagt, dass sie kommen würden. Wir dürfen jetzt nicht zweifeln! Haben wir jemals an einen Sieg des Morgenlandes über das Abendland geglaubt, an ein Überleben überhaupt?«

Karl nahm allen die Befürchtungen und Zweifel. Sehr überzeugend sagte er:

»Ich denke, sie werden nach Amerika über England zu uns kommen. Sein Bedürfnis, sich morgen schon aus Amerika melden zu wollen, bedeutet doch Zuversicht.«

Plötzlich reagierte Cixi etwas vorwurfsvoll, etwas empört sagte sie:

»Na, Xia, frage ihn doch morgen, du kannst ihn doch einfach mal fragen!«

Xia senkte den Kopf und schwieg. Lange schwieg sie, den Tränen nah.

›Oh, Cixi‹, dachte Karl, ›jetzt hast du aber deine Tochter, deine liebe Tochter, in Verlegenheit gebracht. Du konntest deinen Ehemann, deinen Botschafter, wann immer du wolltest, fragen, was du wolltest. Xias Mann ist General, einer der größten im Luftraum.‹ Karl räusperte sich, nahm ein Taschentuch und hüstelte hinein.

»Na ja, ich verstehe das«, begann er bedächtig. »Wir müssen Xias Mann Wan mit einem Neurochirurgen vergleichen, der am offenen Kopf arbeitet. Niemand, wirklich niemand um ihn herum darf ihn jemals stören oder gar einen Fehler machen. Der Chirurg kann nur in absoluter Stille und mit ruhiger Hand die Nadel führen. Und so, denke ich, handeln auch er, Aljoscha, Ranga und Dantos. Sie werden zu Ostern hier sein.«

Xia erhob ihren Kopf und schaute mit großen Augen in die Gesichter von Cixi und Mareike.

»Dann lasst uns ihnen einen schönen, gesicherten österlichen Empfang bereiten«, antwortete Mareike. Plötzlich nahm sie sich ein Herz und schien wie umgewandelt, frei von jeglichen Bedenken:

»Ich gehe schon heute zu den Steinfeldern an die Küste. Ich suche eiförmige Steine und in den Kreidebrüchen Flintstein-Häschen.«

»Und Eva und ich werden sie bemalen!«, rief Xia begeistert. Aus dem Nebenzimmer, von Wans Bettchen, die Tür stand offen, kam ein »Oh ja!« von Eva.

»In Stein gehauene Ostereier und Osterhäschen«, erwähnte Mareike beiläufig, »erinnern an die altgermanische Göttin Ostara.«

»Ich meine eher als Fruchtbarkeitssymbole, als Anreiz zum Beleben, zum neuen Leben«, witzelte Karl.

»Dann sorge ich für die Speisen am Karsamstag«, warf Cixi ein. »Sun und Aljoscha mochten so gern Kulitsch und Pascha.« Hierauf bemächtigte sich eine kurzweilige Nachdenklichkeit der Gesichter, was Cixi veranlasste hinzuzufügen, dass sie dann allerdings mit all ihren Kochkünsten aufwarten müsse.

»Musst du nicht«, witzelte wieder Karl. »Denn unser großer Bischof Dantos Rivera aus Nicaragua/Mexiko wird die Speisen weihen. Und geweihte Speisen schmecken schon der Weihung wegen, und wenn sie dann noch von einem Dantos Rivera zubereitet werden, einem Mexikaner aus unserem Waisenhaus …«

»Äh … Karl, immer diese Spitzen, hebe sie dir auf, für andere Zeiten«, sagte Mareike. »Wie wär's denn mit dir und dem Osterfeuer?«, fügte sie hinzu. Karl lachte.

»Habe ich längst im Kopf, ich möchte es auf einem der Hügel auf Frau Landauers Weideland entzünden. Nämlich auf jenem, über den ihre Kuh immer in aller Frühe kam, wenn die hochbetagte Dame ihre Fenster öffnete. Den Schäfer bat ich bereits, das Holz heranzuschaffen. Ich will ein Siegesfeuer, ich will LUX AETERNA, das ewige Licht.

Und nach dem Feuer soll dort, gemeinsam mit vielen Waisenkindern der Insel, ein ewiges Licht in einem Denkmal entzündet werden.«

»Ich würde«, überlegte Cixi, »wenn ich eine Bitte äußern dürfte, dort herum einen Hain aus Ginkgo-Pflanzen anlegen, viele derer gibt es in den Gärten des Waisenhauses am Hang.«

»Eine gute Idee!«, fügte Mareike hinzu. »Eine sehr gute«, fuhr sie fort. »Lasst uns ihm einen Namen geben, ich denke an – Wan, an unseren Wan, an das erste chinesische Kind, das auf unserer Insel geboren wurde und dessen Großmutter ein Waisenkind war.« Cixi brach in Tränen aus, sie schluchzte: »Das sollte Xia entscheiden.« Xia blieb eine Weile nachdenklich.

»Ginkgo-Bäume werden sehr, sehr alt«, meinte sie. »An die tausend Jahre alt können sie werden und bis zu 40 Meter hoch wachsen. Wer soll sie ewig schützen?«

»Ach Xia, für die alten chinesischen Mönche war er ein Symbol der Gesundheit und Lebenskraft, das allein verpflichtet jedermann«, antwortete Karl. »Noch heute hole ich die ersten Pflanzen auf den Hügel.«

Nachmittags, oben auf dem Vorwerk, wehte ein kalter Ostwind bei klarer Sicht. Karl suchte den vermeintlichen Mittelpunkt auf dem Hügel, setzte einen Pflock, band eine Schnur von 20 Metern Länge herum, an deren Ende einen Enterhaken und zog damit einen Kreis. Im Tal lag noch Schnee, aber von den Hügeln, umschlungen von schon wärmenden Sonnenstrahlen, stiegen die ersten Wasserdämpfe auf.

Plötzlich sah er über der Ostsee einen kaum erkennbaren, sich nähernden, geräuschlosen Punkt. Er wurde rasend größer und größer und landete auf dem Gehöft.

Karl nahm den Enterhaken, schlotterte vor Angst, machte sich Mut und ging drauf zu. Er sah ein Flugobjekt, das er noch nie gesehen hatte, er empfand Bewunderung, schlich neugierig um die Stallungen, warf seinen Enterhaken weg und erhob die Hände unmittelbar vor dem Monster. Dann öffnete sich langsam, ganz langsam, Zentimeter um Zentimeter eine Schiebetür. Karl taumelte vor Angst. Unvermittelt war auch der Schäfer heraufgekommen.

»Siehst du was?«, fragte er im Flüsterton, die Hände weit hochhaltend.

»Nein, aber uns, denke ich, werden sie voll auf dem Schirm und im Visier haben. Mach keinen Fehler!«

Sie waren auf dem Schirm, mit ihnen das ganze Vorwerk, jeder Stall, jedes Gebäude, der Hügel, die Täler. Aber nur einer von irgendwo auf dem Schirm – vielleicht Aljoscha oder Sun Mao oder Ranga Tagore – sagte: »Begrüßt sie!«

Zwei Männer in Schutzanzügen standen in der Tür. Sie winkten, zeigten sich mit freundlichen Gesichtern. Nachdem drei Stufen herausgefahren worden waren, stiegen sie aus. Eine Weile standen sie sich in etwa zehn Meter Entfernung so gegenüber. Dann machte einer der beiden Fremden aus dem Flugobjekt einen Schritt vorwärts und rief – auf Deutsch: »Nehmt die Hände runter!«

Karl und dem Schäfer fiel ein Stein vom Herzen, alle Anspannung löste sich in Sekundenschnelle auf.

Dann rief wieder der Fremde: »Dr. Karl Marx, komm mir entgegen!«
Beide trafen sich auf halbem Wege, lächelten, gaben sich die Hände und
stellten sich vor.

»Ich bin Igor Strelnikow, der Adjutant von Aljoscha Schewtschenko.«

»Und ich …«

»… und du der beste Freund meines Generals.«

Mit offenen Armen drückten sie ihre Körper so eng zusammen, dass aus
beiden Herzen ein Schlag wurde. Strelnikow winkte seinen Begleiter, einen
Chinesen, heran. Karl bat den Schäfer, sich miteinander bekanntzuma-
chen. Und bald ging es nur noch um die Vorbereitungen zum Ostertreffen,
etwas andere Vorbereitungen: kein Wort über den Krieg, kein Wort zu den
vielen Toten, kein … nur eine Woche Leben in der heilen Natur.

»So die Vorstellungen meiner Leute«, antwortete Strelnikow auf eine
entsprechende Frage von Karl.

Doch schnell revidierte er das Gesagte:

»Nur an einem Tage, ausschließlich an einem Tage soll es eine Konfe-
renz zu Krieg und Frieden geben. Sun dachte an den Festsaal im Schloss.
Wenn ich Sun sage, dann bedeutet das in Übereinstimmung mit Aljoscha
und Ranga, Ranga Tagore aus Indien.«

»Verstehe, Igor«, antwortete Karl mit einem Lächeln. »Sie waren die besten Schüler am Waisenhaus und strebten immer nach Gemeinsamkeit.«

Jetzt lächelte auch Igor und lächelnd sagte er dann noch:

»So sind sie. Das beweist ihr gemeinsamer Sieg.«

Nachdem sie nun schon ein Stündchen lang über das Gelände des Vor-
werks gewandert waren, nahm Aljoscha Kurs auf das Grab der Kinder.
Sie verneigten sich vor den Kreuzen, der chinesische Begleiter wischte
sich Tränen aus den Augen und sagte:

»Ebola … Marburg, Lassa. Ebola setzten sie ein, als nichts mehr ging.
Als nichts mehr ging, machten sie den Garaus, seit Tausenden von Jahren – ihr Töter von Tieren, Pflanzen und Menschen! Ihr …! Ihr … Hordenführer!«

›Oh, Hordenführer!‹, dachte Karl. Er schaute ihn von oben bis unten an
und verglich ihn mit Igor. ›Tolle Männer‹, ureilte er.

»Ein Grab fehlt!«, sagte plötzlich und unvermittelt Igor.

»Das Grab des alten Schäfers«, fügte der Chinese hinzu.

»Er hat nur ein Kreuz dort unten.« Karl zeigte hinunter ins Tal. »Dr. Fiedler ließ seine Leiche dort, wo sie die Kinder entdeckt haben, unberührt verbrennen.«

»Dr. Fiedler … der Sohn vom …?«

» … vom alten Dr. Fiedler, der das Waisenhaus mitbegründete«, ergänzte Karl.

»Er hat aber unter den Erkrankten auch vier Kindern das Leben gerettet, ist das so richtig?«, fragte der Chinese.

»Das ist … richtig«, sagte Karl.

»Ich bin Professor Li Peng, sag einfach Li. Dann möchte ich, sollte es heute noch möglich sein, mit Dr. Fiedler auf seine Infektionsstation in den Bunker gehen.«

»In den Bunker. Moment, ich rufe ihn sofort an …«

»Also gut, ihr geht beide in den Bunker, ich gehe derweil mit dem Schäfer die Landebahnen inspizieren!«, befahl Igor. »Du kennst Haus und Hof inzwischen?«, fragte er den Schäfer unterwegs.

»Haus und Hof ein wenig, aber Landebahnen?«

»Ach ja, ich sage nur so, das hört sich gut an: lange Bahnen, Flugzeugträger, bombastische Bomben, nein, bombig müssen sie sein, schau her.« Sie waren inzwischen an ihrem Fluggerät angekommen.

»Das ist unser Flugmonster, acht Meter lang, es hat vier kugelförmige Edelstahlkammern und ein bisschen Atom. Pass auf, schau auf den Bug.«

Der vordere Teil klappte auf, in einer Halbschale saßen zwei Piloten in seltsam elektronisch vernetzten Anzügen. Einer stieg aus, machte Igor eine Meldung, hieß ihn, sich ihm anzuschließen. Nun begriff der Schäfer auch, warum Igor einen Rucksack trug, denn auf jede der erkundeten Landeflächen hatte er Sensoren gesteckt, die er einem schweren Aggregat entnommen hatte. Auf dem Rückweg sagte er dem Schäfer dann, dass er das eben Gesehene und Geschehene als sein strengstes Geheimnis bewahren möge. Er musste es Igor auf die Hand schwören.

»So wie du mir eben auf die Hand geschworen hast, so schwöre ich dir, niemandem zu sagen, dass du nach Untergang des Flüchtlingsschiffes in deinem Rettungsboot einen schwerverletzten, stark blutenden Kameraden hattest, den du über Bord geworfen hast.«

Der Schäfer blieb eine Weile in gebeugter Haltung, kreidebleich, besann sich und sah mit ernster Miene auf Igor. Igor Strelnikow blieb cool.

»Vier Felder sind bereits gesichert«, sagte er, »zwei brauchen wir noch.« Er schaute sich um und nahm ein bestimmtes Areal hinter dem zweiten Wall in seinen Blick. Es reichte bis zum Ufer der Ostsee und war, mit Büschen bewachsen, ein gutes Terrain. In dessen tiefer Ebene, durchzogen von einem Bächlein, angekommen, rief Igor in seiner Muttersprache Russisch: »Otschen charascho!« Er lächelte, ging mit dem Schäfer bis an die Uferböschung und fragte ihn: »Hier bist du gelandet, stimmt's?«

»Ich glaube …«, antwortete der mit Tränen in den Augen.

»Du hattest Glück, verdammtes Glück – entschuldige das ›verdammte‹. Wir hatten alles auf dem Bildschirm, euer Schiff, wussten von dem Orchester und sahen die Rakete. Sie kam aus Skandinavien. Du bist ein guter Mensch, alle Musiker sind gute Menschen. Komm, lass uns die letzten Sonden setzen! Professor Li Peng wird schon auf uns warten.«

Aber Li Peng wartete noch nicht. Er schwebte in seinem Element, den Infektionskrankheiten. Gemeinsam mit Dr. Fiedler saß er in dessen supermodernem, unterirdischem Labor. Als sich Igor dem Labor näherte, öffnete sich automatisch die tonnenschwere Sicherheitstür. Dr. Fiedler demonstrierte gerade auf einem Bildschirm das Sterben seiner Kinder. Er sagte, während Igor in einer Ecke lautlos Platz nahm:

»Alles ging unglaublich schnell. Die Kinder berichteten mir vom Tod des Schäfers. Schnell war ich vor Ort. Er lag in der Senke auf dem Weideland seiner Schafe. Als ich Blutungen aus dem Mund, der Nase, den Ohren und Augen sah, dachte ich sofort an ein hämorrhagisches Fieber. Ich berührte ihn nicht, holte sofort die Kinder in den Bunker auf die Intensivstation. Hier siehst du im Raum I die ersten zwei Kinder, im Raum II die beiden anderen. Die ersten zwei hatten den Schäfer berührt, dachten nicht an seinen Tod. Warum auch? Nach einer Inkubationszeit von fünf

Tagen brach auch bei allen Kindern rasend schnell dieses hämorrhagische Fieber aus. Zuvor hatte ich, dank meines guten Labors, Filoviren entdeckt. Ich gab über Infusionen euer Medikament Ribavirincortison. Du weißt, Professor, dass die Letalität bei 60 bis 90 % liegt. So freue dich, vier Kindern hast du das Leben gerettet.« Dann wandte der Professor sich Igor zu.

»Haben wir gesicherte Landebahnen?«, wollte er von ihm wissen. Igor reagierte nicht, er saß, in sich gekehrt, völlig abwesend da.

»Strelnikow!«, rief der Professor. Erst jetzt reagierte er. »Ich habe dich etwas gefragt!«

»Oh, entschuldige, die Bilder eben – ich kann Kinder nicht mehr sterben sehen.«

»Ich fragte nach der Sicherheit der Landebahnen.«

»Sind sicher, Professor. Können wir gehen?« Dr. Fiedler führte sie durch ein Labyrinth von Bunkergängen nach oben in ein Haus, das ursprüngliche Gutshaus. Es war rustikal eingerichtet mit vielen Zimmern, einer großen Küche, einer Esse im Original und einem gedeckten Tisch.

Aber zu Köstlichkeiten fehlte die Stimmung. Sie aßen in ihrem Raumschiff und flogen gegen Abend wieder zurück – jedenfalls sagten sie es so.

Karl war schwer beeindruckt. Unvorstellbar, dieses Flugmonster von außen und innen: der Form nach ein Zeppelin mit einer Hülle wie aus einem Stück gegossen, unangreifbar, und im Innern Hightech für den Weltraum, die Erde und den Menschen. Beim Start gab es einen letzten Gruß, er kam von irgendwoher. Fünf Stelzen erhoben lautlos das Monster. Das war's, es stieg auf und flog dahin.

»Ostern kann kommen«, sagte Karl zu Dr. Fiedler und dem Schäfer.

Und Ostern kam.

Am Gründonnerstag abends landeten wieder Igor Strelnikow und seine Mannen sowie ein zweites Flugmonster in der Senke über dem Bächlein. Schon eine Stunde später kamen vier weitere Flugobjekte hinzu, sie waren etwa vier Meter breit, zwei Meter hoch und zehn Meter lang. Sie ähnelten einem Gürteltier, wegen des Schuppenpanzers und der Grabekrallen –

jedenfalls in der Dunkelheit wirkten sie so. Auffallend, denn in diesem Augenblick wurde vorsichtig eine Tür beiseitegeschoben. Ihre Panzerung und die Schuppen, wohl aus teurem wertvollem Material, dürften allen feindlichen Waffen unüberwindbar sein. Wieder eine der vielen, vielen Überrraschungen der Russen, wie in allen ihren Kriegen. Was dahintersteckte, wusste man nicht, der Mann auf der Straße schon gar nicht!

Durch die Tür kam zuerst der General Aljoscha Schewtschenko mit seinem Stab und seiner Familie. Er brauchte seine Zeit, um langsam, Stufe für Stufe, herunterzukommen.

Dabei sah er zuerst über das ihm bekannte Terrain, dann zwischen die Stallungen und Katen hindurch, dann auf seine Mutter Erde. Für ihn war alles einmal Vater und Mutter gewesen – damals als Waisenkind.

Ähnlich verhielten sich Sun Mao, Ranga Tagore und Dantos Rivera, die nach ihm aus den anderen Flugobjekten stiegen.

Schicke Rügen-Soldatinnen brachten sie alle zu ihren Quartieren.

Ein Abendmahl Jesu gab es nicht; ein gemeinsames Essen schon – zu Ehren von Sun Mao im Festsaal des Schlosses von Ranaga. Die Tochter des bereits verstorbenen Grafen von Lenau, Gräfin Svenja, hatte geladen. Für das Essen und die musikalische Umrahmung sorgte Manu, die Tochter ihrer Frau Mutter aus dem Waisenhaus. Von ihr hatte sie die Kochkunst und das Klavierspiel gelernt. Die Noten waren alt und alt war auch die Liste der Speisen. Denn an Mutters Speisen erinnerten sich alle.

Damals kochte Manus Mutter für die ersten Ankömmlinge im Waisenhaus: für Indira und Ranga Tagore aus Indien je einen ›Dosa‹, einen großen, papierdünnen Reispfannkuchen, und dazu eine ›Sambhar‹, eine mit Kräutern garnierte Linsensuppe, und für die Mexikaner bereitete sie eine Füllung aus Fleisch, Gemüse und Gewürzen mit pikanter Soße zu. Zur Erinnerung an ihren ersten Tag damals servierte ihnen die Köchin auch heute wieder ihr Lieblingsessen. Alle anderen bevorzugten, genau wie damals, die deutsche Küche. Zuvor hielt Sun Mao die Festrede, er schaute in die Runde. Viele hatten nach ihnen das Abitur hier im Waisenhaus gemacht, im nunmehr größeren Kreise erkannte er eine imposante

Versammlung von Wissenschaftlern, Philosophen, Ärzten und hohen Offizieren. So begann er.

»Liebe Waisenkinder! Wir haben den Krieg überlebt. Schön, dass ihr gekommen seid, auf diese Insel, die uns Mutter und Vater ersetzte. Die uns lehrte, was eine heile Natur und ein glückliches Haus bedeuten, ein glückliches Haus«, wiederholte Sun und schwieg eine Weile. Dann beschrieb er, welche Bedeutung eine gute Pädagogik und Erziehung haben:

»Als Graf Leopold von Lenau, Svenjas Vater, uns bat, sein Schloss in Miniaturgröße nachzubauen, fühlten wir uns zunächst überfordert. Erst gemeinsam mit allen Pädagogen und der Grafenfamilie gelang uns das Spiel. Ich hatte alle Bestandteile eines Türbogens zu malen. Graf Leopold, für mich heute der große Leonardo da Vinci, legte großen Wert auf die Spannweite, die Pfeil- oder Stichhöhe, auf die Bogenleibung und den Bogenrücken. Er sagte mir, dass jeder Bogenstein ein Kunstwerk sein müsse.

So zeichnete ich einen Anfänger a, einen Kämpfer b, einen Bogenstein d und einen Schlussstein c, ein jeder hatte eine andere Form und ein anderes Maß.

Ich höre noch die Worte des Grafen: ›Sorge dafür, dass jeder Stein professionell hergestellt wird, gib jedem Stein sein Profil.‹

In der Professionalität lag und liegt unser und euer aller Erfolg.

Darauf und auf eine neue Zeit sollten wir anstoßen!«

Am Karfreitag gab es ein Resümee:

»Zur letzten Schlacht«.

30 Waisenkinder aller Jahrgänge nahmen daran teil. Auf Umwegen, unter großen Entbehrungen, wie auch immer, schafften sie es, die Insel zu erreichen. Wenn es auch nur für ein paar Tage, für Stunden, für eine Umarmung unter Waisenkindern war. Im Auditorium des neuen Waisenhauses brannten Kerzen, Manu spielte Beethoven. Alle trugen eine Trauerbinde, der Tod hatte durch den Krieg jede Familie erreicht. Tränen kullerten auf die Tische, an denen sie jeweils zu viert saßen. Zum selbstgebackenen

Kuchen schenkten Mareike und Lili aus Deutschland, Teresa aus Mexiko und Irina aus Russland Kaffee ein. Sie erfuhren, dass von den ersten zwölf Waisenkindern die zierliche, bildhübsche Inderin, die der Grafensohn so sehr liebte, mit ihm an einem stürmischen, eiskalten Wintertag tödlich verunglückt war. Ihr Bruder Ranga saß im Präsidium neben Sun Mao und Aljoscha Schewtschenko. Sie gedachten ihres dreitägigen Sieges über die Lufthoheit des Abendlandes, sie gehörten zum Generalstab der vereinigten Armeen ihrer Länder – zum PRAETORIUM SUMMORUM DUCUM COETUS. Ihnen zur Linken die beiden Ärzte Karl Marx und Bernd König, zur Rechten Dantos Rivera aus Mexiko. Ihre Frauen und Schwestern saßen mit an den Kaffeetischen.

Punkt 9 Uhr stand Sun auf:

»Wir haben gesiegt!«, begann er.

»Nein ... klatscht nicht!«, rief er.

»Wir haben endgültig die Hordenführer auf der Welt, die Hirnis, wie wir sagen, mit dem Niveau der Urmenschen, wie Charles Darwin heute sagen würde, von ihrem Wahn befreit.

Es war eine DIRA NECESSITAS – eine furchtbare Notwendigkeit.

Wir hatten nur einen DIES IRAE, nur einen Tag des Zorns, an dem sie fünf Millionen Chinesen, fünf Millionen Inder und drei Millionen Russen töteten, dann schlugen wir zurück.

Mit der Weisheit unserer Menschen, mit den Erfahrungen des größten Landes der Erde, mit der Gunst der Stunde, auf die die Inder seit ihren kolonialen Demütigungen gewartet haben.

Der halbe Erdball hat sein Antlitz verloren, die andere Hälfte wird ihm ein neues Gesicht geben.

VIVANT SEQUENTES – es leben die Folgenden!«

Großer Beifall im Auditorium.

Sun wandte sich Aljoscha zu. Dieser sagte irgendetwas zu Ranga Tagore, er gab ein Handzeichen. Daraufhin erhob sich Aljoscha von seinem Stuhl und ging redend und bei guter Wortwahl von Tisch zu Tisch. Er spürte die ihm entgegengebrachte Bewunderung, als Schriftsteller, Poet, Offizier, Waisenhausschüler, als er anfing:

»Wir sind auf die Insel Rügen, das germanische Rugier oder Rugii und das slawische Ranen oder Rujanen, zurückgekehrt. Mitgebracht haben wir unseren Konfuzius mit seinen 13 Klassikern der kanonischen Konfuzius-Literatur und das Lunyu mit seinen Lehrgesprächen.« Dazu übergab Aljoscha jedem Tisch eine gewünschte Anzahl von Büchern. Augenscheinlich waren die Texte und Bilder von einem erfahrenen Layouter gestaltet worden, es war Sun Mao. Er interpretierte nun auch die klugen Weisheiten des Konfuzius:

»Das germanische ›Rugier‹ oder ›Rugii‹«, sagte er, »ähnelt dem chinesischen ›Rujia‹. ›Rujia‹ lässt sich wörtlich als Schule – ›jia‹ – der Sanftmütigen – ›ru‹ – verstehen. Konfuzius Sanftmütiger steht für den Gelehrten, der sich mit seinem Geist statt mit Gewalt für seine Sache einsetzt. Die Sanftmütigen haben ihren Platz auf dieser Insel gefunden, sie leben seit Jahren ohne Waffen. Und bald werden die Menschen dieses Teufelszeug endgültig vernichten! Wir wollen nach dem Buch Lunyu, den Aufzeichnungen seiner Gespräche, handeln. Wir wollen zu Ehren des Konfuzius, dessen politischer Aufstieg 500 vor Christus begann – 500 vor Christus, möchte ich betonen –, endlich seine Weisheiten unter die Völker der Welt bringen!

Ich erwähne nur seine vier Grundbegriffe: Mitmenschlichkeit, Gerechtigkeit, kindliche Pietät und Riten. Das erste Wort des Lunyu ist ›Lernen‹.«

»Lernen und Bildung mit der moralischen Forderung von Konfuzius nach Selbstkultivierung«, warf Cixi ein.

»Die Kriegstreiber dieses Jahrhunderts waren nicht nur unkultiviert und ungeheuerlich, sie waren Untertan einer letzten Gesellschaftsordnung. Ihnen gebührt unser aller Mitleid, so sie dann ihr Leben lang wiederaufbauen dürfen!«

»Wiederaufbauen, mit blutbespritzten Händen von Millionen Getöteten?«, fragte Bernd König. »Sie verdienen die Strangulation!«, rief er empört.

»Ha, Doktor!«, antwortete Sun. »Du bist bei den Griechen, die Römer nahmen das Kreuz, die deutschen Nazis die Gaskammern – wir fordern Wiedergutmachung. Ich zitiere Konfuzius: ›Wer auf Rache aus ist, der grabe zwei Gräber!‹ Wir sagen, wer Frauen und Kinder getötet hat, arbeitet für deren Familien, wer Häuser und Straßen zerstört hat, hat sie wieder aufzubauen; wer Seen und Flüsse vergiftet hat, muss sie reinigen. Jeder Tag seines Lebens soll ein Tag unter Menschen sein.«

»Das wäre ein guter Weg, Sun«, sagte Karl. »Plädiere für sein Ziel. Auch ich möchte Konfuzius zitieren: ›Wer das Morgen nicht bedenkt, wird Kummer haben, bevor das heute zu Ende geht.‹«

»Das Heute …«, wollte Sun gerade näher erklären, aber er wurde unterbrochen. Sein Adjutant stand in der Tür, wortlos. Sein plötzliches Auftreten bestimmte das folgende Sein und Handeln, Sun folgte ihm.

Schon eine halbe Stunde später flogen sie mit einem der Flugmonster aus der Senke über dem Bächlein hinaus auf die See, mit ihnen die Ärzte Bernd König und Karl Marx.

Igor Schewtschenko und Ranga Tagore widmeten sich in ihren weiteren Reden der Psychologie in der Nachkriegszeit. Es galt die Sinne zu koordinieren, um schwerwiegende Traumata zu verhindern.

Am Karsamstag besuchten die Älteren die Jüngeren. Gemeinsam wanderten sie auf unterschiedlichen Pfaden und Wegen.

Sun, der in der Nacht zurückgekehrt war, besuchte mit seiner Familie und seiner Schwester Cixi die Gruft im Schloss und den nahegelegenen Friedhof. Lange saßen sie mit einer brennenden Kerze am Sarkophag des Grafen Leopold von Lenau und seiner Gattin.

»Er war mein Lehrer in der Malkunst«, flüsterte er. »Er ebnete mir den Weg ins Leben. Er ließ mich träumen, Landschaften malen und immer wieder die rauschenden Wellen der Ostsee. Und er hieß mich ab und zu einen Narren – ein guter Mensch war er. Neben ihm liegen sein Sohn und Indira Tagore aus Indien. Er war Student in Oxford, sie in meiner Klasse. Ein halbes Jahr vor dem Abitur, im eiskalten, stürmischen Winter, machten sie einen unverzeihlichen Fehler …«

Auf dem Wege zum Friedhof packte Cixi der Tod ihres Mannes, ein Schwächeanfall brachte sie ins Wanken. Sun und Tochter Xia sprangen hinzu, nahmen sie unter die Arme. Cixis Mann gehörte zu den ersten fünf Millionen zerfetzten und verbrannten Chinesen, die IN TYRANNOS – gegen die Tyrannen – ihr Leben verloren hatten.

»Der Weg zum Friedhof, Sun, ist ein Weg zu ihm, es geht schon wieder.«
Am Grab der Pfarrwitwe Landauer fand sie zurück zu ihrem Halt. Sie stand allein.

»Ich sehe sie am Spinett den Takt angeben, Sun. Ich sehe sie auf ihrem Vorwerk die Kühe melken, ich höre sie singen und ihre Verse der alten Griechen aufsagen. Sie gibt mir Kraft.« Vor dem schwarzen, in goldener Schrift gehauenen Stein stand sie erhobenen Hauptes.

Nun waren sie vor dem Grab der Begründer ihres Waisenhauses, Thekla und Wilfried von Kulmbach, angekommen.

»Unsere Mutter und unser Vater«, sagte Cixi ihrer Tochter Xia. »Das Grab trägt eine eigene Handschrift, die von Christin. Sie führt das Waisenhaus nach dem Vorbild ihrer Eltern, mit dem gleichen Erfolg.«

Schlussendlich wollte Xia ihrem Onkel Sun noch die Gräber des alten Ehepaares zeigen, das von Jugendlichen während der Kriegstage ausgeraubt und erschlagen worden war.

»Sie lebten neben Karl und Mareike im Dorf. Es waren bescheidene, friedliebende Menschen, sie hatten ein reetgedecktes, schönes Fachwerk-Fischerhaus und einen Hof mit vielen Haustieren.«

Sun sah Xia lange an. Eigentlich wollte er nicht über den Krieg sprechen, dann aber sagte er:

»Wie im Kleinen, so im Großen. Das ist zurzeit das größte Übel. Wir müssen es an den Wurzeln packen. Wer den Krieg wollte, muss ihn auch erleben. Der Mensch muss für den Menschen leben. Wer getötet hat, muss das Leid der Angehörigen durch eigener Hände Arbeit lindern. Sie erhalten ihren Lohn. Gefängnisse lehnen wir ab, wie hier auf der Insel. Ich habe gehört, dass die beiden Männer, die das ältere Ehepaar erschlagen haben, schon für deren Kinder arbeiten müssen.«

»So ist es, Onkel. Sie arbeiten fleißig und die Hinterbliebenen entscheiden über ihr Schicksal.«

»Aber Xia – doch nur unter Einhaltung der Lehren des Konfuzius. Bedenke: In China war es 2000 Jahre lang Pflicht für jedes Kind, das in die Schule ging, die ›Gespräche des Konfuzius‹, also ethische Grundsätze und Lehrsätze, auswendig zu lernen.«

»Das war falsch, Onkel, wie du weißt. Erst als unser Volk begann, das Erlernte zu erklären, zu deuten, zu überdenken und schließlich ethisch zu internalisieren, entwickelte sich eine menschliche Ordnung wie in eurer Armee.«

»Danke, Xia. Ich hoffe, dass unsere Soldaten nunmehr nicht nur so über die Schlachtfelder dahinziehen, sondern manchen Stein auch einmal aufheben. Kommst du mit zum Osterfeuer?«

»Ja, mit meinem Kind und meinem Mann. Er wird schon da sein. ›Ein Offizier hat vor dem General zu sterben‹, sagt er immer.« Xia lachte, lief zum Auto, drehte sich noch einmal um und rief: »Ich liebe euch beide!«

Am Abend brannte das Osterfeuer am Hang des Waisenhauses mit hoch emporflackernder, knisternder Flamme. Im Kreise herum standen alle Waisenkinder mehrerer Generationen. Sun Mao, Aljoscha Schewtschenko und Ranga Tagore trugen ihre Uniformen.

Karl trat vor:

»Wir feiern den Sieg des Morgenlandes über das Abendland.

Wir feiern die Rettung des Erdballs.

Wir feiern eine unendlich gute Lebensart.

Wir feiern das Jahr des Menschen!«

Einer der Schüler spielte auf seiner Trompete das Lied ›Der kleine Trompeter‹.

Mareike trug die ›Ode an den Frieden‹ vor:

»Ein Friedensfeuer mit lodernden Flammen,
trage es um die Welt,
ewig soll es brennen,
ewig Feuer sein

Trage es in die Herzen aller Menschen,
lass es brennen und funkeln,
leuchten über alle Berge,
ewig Feuer soll es sein.

Gebe ihm den Tag des ewigen Friedens,
des Menschen, der Natur,
gebe der Welt Ruhm und Ehre,
im ewigen Feuer loderndes Licht.«

Zum Abschluss sangen alle die Vertonung der Ode und pflanzten im
Kreise Ginkgo-Bäumchen als Symbole der Gesundheit und Lebenskraft.

Der Autor und seine Werke

Die Weisheiten der »Mutter Hertha« (erschienen 2007 bei Books on Demand) im ersten Buch ihres ältesten Sohnes, des Autors Dr. med. Wolfgang Hanff, gleichen denen des chinesischen Konfuzius (geb. 551 v.Chr.). Sie beinhalten Mitmenschlichkeit, Gerechtigkeit, kindliche Pietät und Riten. Dazu bedarf es einer guten Bildung. So führte sie, Mutter Hertha, ihre 10 (!) Kinder nach dem Zweiten Weltkrieg vom Acker aufs Parkett, mit bleibenden Erinnerungen und Mut zu neuen Wegen.

Wolfgang lässt auf der größten Insel Deutschlands, auf Rügen, ein Waisenhaus gründen für 6 Geschwisterpaare aus 5 Nationen. Es sind leidtragende Kinder zwischen 4 und 5 Jahren alt, 2 Geschwisterpärchen kommen aus Deutschland, jeweils ein Pärchen aus China, Indien, Russland und Mexiko. Hier im Waisenhaus fanden sie wieder weise Mütter und Väter, die sie herausbrachten aus ihren kindlichen Traumata, über eine gute geistige und gymnasiale Bildung auf den Weg zu Ruhm und Ehre. Der Autor gab diesem Buch den Titel »Licht über dem Waisenhaus« (erschienen 2012 beim edition fischer verlag).

Nach Jahren wollten sich die dankbaren Waisenkinder wieder auf der Insel treffen. Ihrer Insel, wie sie sie nannten, denn sie lag im Wandel der Zeit.

Im goldenen Wasser, wie der Autor sie in seinem dritten Büchlein »Zwei große Visionäre und ihre Insel Rügen« (erschienen 2014 bei Rügen Druck Putbus) bezeichnete. Mit Hilfe der Völkergemeinschaft gelang es den beiden Freunden und Visionären, aus ihrer Insel eine ewig blühende Blume zu machen. Sie gründeten Musikakademien, technische Hochschulen, eine neue Rügen-Polizei mit weißen Uniformen und ohne Waffen. Sie ließen nur noch Elektroautos über die neuen Allee-Straßen, Brücken und durch die Tunnel fahren und schufen noch vieles Gute mehr.

Die Insel war prädestiniert für ein Wiedersehen der Waisenkinder.

Doch dann kam der schlimme Krieg in dem vierten Buch des Autors »Licht über dem Horizont«. Es war ein gemeines Spiel mit den Knöpfen.

Ein leichtes Spiel, in dem Millionen von Menschen getötet wurden. Bis das Morgenland zurückschlug und siegte und endlich den Überlebenden das ›Jahr des Menschen‹ verkünden konnte.

In diesem Sinne trafen sich zu Ostern alle ehemaligen und gegenwärtigen Waisenkinder doch noch auf ihrer Insel. Sie gehörten zu den Siegern.

Abends am Osterfeuer sangen sie alle gemeinsam ihre ›Ode an den Frieden‹.